Herstellung und Verlag: BoD- Books on Demand
In de Tarpen 42 / 22848 Norderstedt / Deutschland
eMail: albertus-books@gmx.de

ISBN 9783746063010

Silvia Beck

Tagebuch in den Tod

Beziehungskrimi

Autorin

Jahrgang 59, Geophysikerin

studierte Literatur in Leipzig, Philosophie in Dresden

Staatsanwältin Dr. Kerstin Hauk bekommt einen Fall auf den Schreibtisch, bei dem sie schnellstens entscheiden muss, ob eine Ermittlung wegen Tötung oder gar wegen Mordes eingeleitet werden muss.

Aus den Akten geht hervor:

Ein Mann war mit seiner neuen Lebensgefährtin und deren Kind zu einem Urlaub nach Frankreich an die Cote d'Azur gereist. Auf der Rückfahrt ereignet sich ein schrecklicher Unfall am San-Bernhardino-Pass. Alle drei finden den Tod.

Die Schweizer Polizei untersuchte den Unfall und vermutet, nachdem das Tagebuch des Mannes gefunden und gelesen wurde, dass der Unfall womöglich kein Unfall war, sondern vorsätzlich herbeigeführt wurde.

Die Identität des Mannes konnte die Schweizer Polizei nicht klären.

Die deutsche Staatsanwältin ist von dem Inhalt des Tagebuches fasziniert. Und die Frage - wer ist der tote Mann? - gewinnt für sie und ihre Entscheidung eine zentrale Bedeutung.

Kapitel 1

Ein deutscher Staatsanwalt muss nun entscheiden, ob ein Ermittlungsverfahren eingeleitet werden soll oder nicht. Diese Aufgabe - samt der zugehörigen Akte mit der Aufschrift "San Bernhardino" - ist Staatsanwältin Dr. Kerstin Hauk zugefallen. Zu deren großer Freude! Als würden sich auf ihrem Schreibtisch nicht schon genügend Akten anderer Fälle türmen! Zum Mäusemelken, stöhnt sie angesichts des umfangreichen Materials, das da zusätzlich auf ihrem Schreibtisch gelandet ist.

Dringend, hat ihr Chef, Oberstaatsanwalt Mittenzwei, betont. Drei Tote! Deutsche Staatsbürger! Auch ein Attentat sei nicht gänzlich auszuschließen. Man wisse schließlich nie, wann und wo der weltweite Terrorismus Opfer sucht und findet. Im Übrigen habe die ganze Sache viel mit Psychologie zu tun, wie es scheint, was bei ihr, Kerstin Hauk, ja bekanntlich besonders Interesse wecken müsste!

Blödmann, denkt Kerstin Hauk und blättert missmutig in dem dicken Aktenordner. Ihr Chef geht ihr in den letzten Monaten zunehmend auf die Nerven. Sicherlich – er bekommt mächtigen Druck aus dem Ministerium, wenn sich die ungelösten Fälle häufen, aber mit der Methode „Stets zu Diensten, wird sofort erledigt!" wird das Wirrwarr nur größer. Eine vernünftige Arbeit ist unmöglich, wenn jeden Tag die Dringlichkeiten neu verteilt werden.

Und immer bei Fällen, in denen ausländische Behörden beteiligt sind, müht sich der Chef ganz besonders um schnellstmögliche Entscheidungen. Das bringt im Ministerium Pluspunkte. Das weiß Kerstin Hauk. Und der Diensteifer ihres Chefs, der als Leihbeamter aus dem Westen des Landes zur Wende in den Osten gekommen war, „um zu helfen" wie es offiziell hieß, war nach wie vor ungebrochen. Am Oberlandesgericht Kassel, wo er früher tätig war, hätte er es wahrscheinlich nicht mehr zum Oberstaatsanwalt gebracht. Eher wäre er in den Vorruhestand abgeschoben worden.

Kerstin Hauk fehlt für Prioritätensetzung, die nur in Hinblick auf das Wohlwollen übergeordneter Ebenen getroffen wurden, zwar nicht das Verständnis, aber sie hasst sie. Natürlich ist auch sie bemüht, ihre Aufgaben zur Zufriedenheit ihrer Chefs zu erfüllen, auch sie hat nichts gegen eine Gehaltserhöhung; und sie versteht natürlich auch, dass ihr Chef keine Lust hat, sich ständig von oben anscheißen zu lassen, wegen irgendwelcher diplomatischen Verwicklungen... - aber wenn Diensteifer und Selbstschutz in Rektaltouristik ausarten, beschleicht sie eine gewisse Übelkeit. Das ging ihr schon immer so. Auch vor der Wende. Einen Unterschied zwischen sozialistischer und marktwirtschaftlicher Arschkriecherei sieht sie nicht. Ihre eigene Karriere schreibt sie sich ihrem Fleiß und ihrer Zuverlässigkeit zu. Ob das auch alle andere in der Leipziger Staatsanwaltschaft so sehen, möchte sie allerdings nicht beschwören. Die Affäre, die sie vor Jahren mit einem der Oberstaatsanwälte hatte, dürfte diesbezüglich auch andere Auslegungen zulassen. Von wegen "Hochschlafen"! Was natürlich völliger Unsinn ist, wenn man Kerstin Hauk fragt. Wobei, wenn sie zu sich ehrlich sein soll, dann hat ihr die Affäre für ihre Karriere zumindest nicht geschadet!

Aber was soll's? Auch das ist Schnee von gestern! Sie kann sich da nachträglich keine Vorwürfe machen. Es war die Phase ihrer Ehe gewesen, als die den Bach hinunter ging. Da war die Affäre keine Affäre, sondern eher ein Rettungsring. Etwas, wo sie sich festhalten konnte. Die Affäre endete, als der Oberstaatsanwalt ins Ministerium versetzt wurde. Das war eine gute Lösung. Schluss und aus!

Ungefähr seit jener Zeit ermittelt sie an einem Fall von Wirtschaftskriminalität, der in seinen Dimensionen das ganze Land und die Bundesregierung erschüttern könnte. Es gab nicht nur in Sachen Leuna-Werke Geldflüsse der unheimlichen Art - die nicht unmittelbar aktenkundig wurden, aber stattgefunden hatten! Aber mit diesen Ermittlungen waren oben keine Lorbeeren zu ernten. Schnee von vorgestern! Keinen, auch nicht ihren Chef, interessierte es, dass sie mit diesem Fall nur sehr langsam vorankam. Die Ermittlungen werden immer wieder von so genannten aktuellen Ereignissen höherer Dringlichkeiten unterbrochen und verzögert. Jetzt ein Unfall!

Sie zuckte die Achseln – sei's drum, sie würde die Strukturen dieses Systems eh nicht revolutionieren können. Und es fehlte ihr dazu auch jeglicher Antrieb. Ihre revolutionäre Phase hat sie mit aktuell siebenundvierzig Jahren längst hinter sich gelassen.

Kerstin Hauk hat sich die Unfallakte mit nach Hause genommen. Seit sie von ihrem Mann getrennt lebt und die Kinder längst ihre eigenen Wege gehen, hat sie an den Wochenenden oft Langeweile, die sie totschlagen muss. Warum nicht mit einem Unfallbericht? Vielleicht sogar spannend? Immerhin drei Tote!

Die Fotos vom Unglücksort hat sie allerdings sofort ausgesondert und in ein blickdichtes Kuvert verbannt. Ihr genügen die blutrünstigen Schlachtszenen in schwedischen Krimis, die sie sich häufig genug abends anschauen muss. Ja, muss!

Sicher könnte sie auch anderswo hin zappen, aber so grausig die Schwedenkrimis auch sind, so findet sie die doch mit Abstand als die besten. Es ist ein "Muss", die anzuschauen! Und manchmal gelingt es ihr ja auch, bei besonders schlimmen Bildern rechtzeitig die Augen zu schließen.

Kerstin Hauk wohnt in einer Mansardenwohnung im Süden Leipzigs. So was hat sie sich schon als junges Mädchen gewünscht - eine große Wohnetage mit schrägen Wänden, zu der von unten her, wo sich Küche, Schlaf- und Gästeraum befinden, eine Treppe hinaufführt. Dazu eine kleine Dachterrasse. Die Möbel stammen überwiegend aus dem Haus, welches sie gemeinsam mit ihrem Mann eingerichtet hatte. Er hat nach der Trennung auf alles verzichtet. Das Haus ist verkauft. Von ihrem Anteil am Verkauf des Hauses hat sie die Wohnung bezahlt. Die Wohnung gehört ihr allein. Ihr Ex, wie man die geschiedenen Ehemänner allgemein zu nennen pflegt – und so tut es auch Kerstin Hauk... - ihr „Ex" also hat sich in einer kleinen möblierten Wohnung verkrochen und scheint, soweit sie das beurteilen kann, ganz in seinem Beruf und einer neuen Liebe aufzugehen.

Dass sie noch nicht geschieden sind, hat rein steuerrechtliche Hintergründe – er kann seine Wohnung als

Büro absetzen, da er offiziell noch bei seiner Frau wohnt. Natürlich könnte man von Steuerbetrug sprechen, aber herrje... weder Kerstin Hauk, noch ihr Ex haben da größere Skrupel. Eine Bagatelle! Sie weiß von ganz anderen Betrügereien, die landauf landab gang und gäbe sind.

Nein, Scheidung ist reine Formsache. Das ist ihr gleichgültig. Auch ihre Heirat damals vor 24 Jahren, die verbunden war mit dem Erwerb eines Trauscheines, hatten sie beide nur als Formsache betrachtet. Man war zusammen, weil man das so wollte, freiwillig! Und man hätte jederzeit auseinander gehen können. Für Kerstin Hauk wäre das unter den herrschenden Verhältnissen kein ökonomisches Risiko gewesen. Selbst für Frauen mit Kindern waren Arbeit und Verdienstmöglichkeit garantiert.

Wenn Kerstin Hauk zuhause Schreibtischarbeit zu erledigen hat, tut sie das am liebsten - vorausgesetzt, es ist schönes Wetter! - an dem kleinen Campingtisch, der auf der Dachterrasse steht. Der Blick von der Terrasse geht über die Vorgärten hinweg zu den Bäumen der nahe gelegenen Parkanlagen am Silbersee, der aber leider nichts mit Karl May und Old Shatterhand zu tun hat. Aber warum soll es in dem Silbersee nicht auch irgendeinen Schatz geben?

Jedenfalls hat sie kein Visavis, vor dem man sich verbergen müsste. Herrlich! Sie legt die Aktenmappe auf den Campingtisch, holt sich ein Glas für den Wermut und ein Glas für Wasser. Direkt mischen mag sie nicht. Die Abendsonne wärmt noch angenehm. Um später, wenn die Sonne hinter den Kastanienbäumen des Parks verschwunden sein wird, nicht frieren zu müssen, legt sie sich noch eine dicke Decke zurecht. So!

Sie schlägt den Aktenordner auf. San Bernhardino! Der Pass zwischen der Schweiz und Italien. Sie kennt die Strecke. Einmal - das war, als sie noch glaubte, ihre Ehe wäre tatsächlich für die Ewigkeit geschmiedet - hatten sie, also die ganze Familie Hauk einschließlich der beiden Kinder, am Gardasee einen Urlaub verbracht und waren auf der Rückfahrt nach Deutschland über diesen Pass gefahren. Aber die Erinnerungen sind schwach - Berge, Serpentinen, Tunnel, Schluchten, Brücken... Kerstin Hauk müht sich nicht weiter, das Gedächtnis zu aktivieren. Lange her... alles! Sieben Jahre vielleicht. Seit drei Jahren lebt sie allein..., ja - vor sieben Jahren muss das gewesen sein! Sie nippt an dem Wermut und fühlt keine Bitterkeit, wenn sie an die Zeit vor sieben Jahren denkt; überhaupt, wenn sie an ihre verflossene Ehe denkt! Es waren schöne Jahre. Aber seit der Trennung genießt sie auch das ungebundene Alleinsein. Wie war das damals...?

Kerstin Hauk bremst ihre Gedanken, die - wie so oft - nur zu gern in der Erinnerung herumstöbern würden. Sie zwingt sich zur Konzentration auf die Akte "San Bernhardino".

Der Unfall, der sich vor zwei Tagen in den Schweizer Alpen ereignet und drei Todesopfer gefordert hat, lässt, wie der Bericht konstatiert, einige Fragen offen. Die Schweizer Polizei scheint gute Arbeit geleistet zu haben. Die Umstände des Unfalls liegen klar und eindeutig zutage. Aktenkundig! Einschließlich der grausigsten Farbfotos! Drei Leichen. Eine weiblich, ein Kind von neun Jahren und ein Mann. Der PKW war mit voller ungebremster Fahrt - die Experten errechneten zirka 130 km/h - auf einen Tunnelpfeiler geprallt. Für die Rettungsärzte gab es nur noch wenig zu tun. Das Auto brannte völlig aus. Von dem Mann und dem Kind waren nur noch stark verkohlte Reste geblieben. Die Frau war aus dem Fahrzeug herausgeschleudert worden und somit den Flammen entgangen. Ihr Körper wies am Hals Würgemale und oberhalb der Brust Blutergüsse auf, die nicht eindeutig durch den Aufprall am Betonpfeiler zu erklären sind; und - der Mann hat ein Tagebuch geführt! Der Computerausdruck ist dem Unfallbericht beigefügt. Die Tagebuchaufzeichnungen haben Experten von Disketten herunter geladen. Die Aktenmappe mit den Disketten war ebenfalls aus dem Auto herausgeschleudert worden und unversehrt geblieben.

Die Auswertung der Tagebuchaufzeichnungen durch die Schweizer Polizei hatte ergeben, dass der Mann, die Frau und deren Kind zehn Tage Urlaub in einer Feriensiedlung in Vallauris, nahe Nizza, verbracht hatten.

"Der Mann - 50 Jahre alt / namenlos - ist nicht der Vater des Buben. Der Bube, Mirko, war neun Jahre alt. Die Frau - 44 Jahre alt, Maria (oder Marianne) - und dieser Mann sind nicht durch ein offizielles Ehebündnis verbunden. Sie leben seit drei Jahren zusammen. Die Frau ist wohnhaft in Muhr am See/Bayern. Der namenlose Mann wird, wie aus den Aufzeichnungen hervorgeht, von der Frau und dem Buben „Achim" genannt, was auch eine Abkürzung für

Joachim oder Hans-Joachim, Heinz-Joachim o.ä. sein könnte. Er ist ein Neubundesbürger. Weitere Informationen zur Identität konnten nicht entdeckt werden."

Kerstin Hauk kann sich beim Lesen ein breites Grienen nicht verkneifen - dass der Begriff "Neubundesbürger" auch in der Schweiz und sogar in der Amtssprache Verwendung findet, amüsiert sie. Und von wegen - 'namenlos' - wenn einer 'Achim' gerufen wird, hat er doch einen Namen, auch wenn es vielleicht eine Abkürzung ist! Aber sie weiß natürlich, was die Kollegen mit 'namenlos' meinen - kein amtlich vollwertiger Name!

Die Aufzeichnungen des Mannes, erfährt sie weiter, enthalten neben Beschreibungen der Ereignisse und Erlebnisse der Urlaubstage auch die Darstellungen verschiedener Auseinandersetzungen, die zwischen ihm und der Frau stattgefunden hatten. Da von gewissen Drohungen, den anderen umbringen zu wollen, die Rede sei, waren die Schweizer Kriminalisten hellhörig geworden und hatten einen Psychologen hinzugezogen: Der Unfall könnte ein Verbrechen sein!

Auch Selbstmord ist ein Verbrechen, insbesondere wenn andere mit in den Tod gerissen werden, ergänzt Kerstin Hauk diese Überlegungen der Schweizer Polizisten.

Auf ihrer kleinen Dachterrasse wird es doch schneller kühl, als sie dachte. Kaum dass sich die Sonne hinter den Bäumen des Parks am Silbersee versteckt hat, fröstelt ihr. Der Hausanzug den sie trägt, betont zwar ihre Figur durchaus vorteilhaft, wärmt aber nicht sehr. Die dicke Winterdecke aus Kamelhaar wäre anderseits übertrieben zuviel. Sie holt sich den Froteebademantel aus dem Bad und gießt sich etwas Wermut nach. Ob sie mit dem Wermut das leichte Frösteln besiegen kann, dass sie trotz Bademantel noch spürt, ist fraglich, aber sie braucht einen Schluck.

Manchmal braucht sie mehr Schlücke, als sie selbst für gut hält. Sie muss den Alkoholkonsum einschränken - sie weiß es. Seit der Trennung von ihrem Mann vor drei Jahren hat sie öfters Trost, oder Wärme, oder Ruhe, oder was auch immer im Alkohol gesucht. Nicht dass sie sich besaufen würde, das hat sie auch nicht getan, als der Trennungsschmerz noch sehr stark gewesen war... - das nicht, Gott bewahre! -, und sie ist sich auch sicher, nicht abhängig zu sein, aber sie hat sich angewöhnt, abends eins, zwei oder gar drei Gläschen Rotwein, oder eben Wermut zu trinken. Dass sie seitens der einschlägigen Medizinfachblätter daher schon zu den Alkoholikern gerechnet wird, ist ihr ziemlich egal. Doch irgendwann muss sie konsequenter werden - maximal ein Glas am Abend! Aber nicht an diesem Abend. Demnächst - bestimmt!

Sie vertieft sich wieder in die Protokolle der Schweizer Polizei, in die Analysen und Berichte.

Selbst wenn man von einem Kampf der beiden Erwachsenen im Auto ausgeht, oder wenn der am Steuer sitzende namenlose Mann, der 'Achim' gerufen wird, weshalb auch immer, mit Absicht gegen den Pfeiler gerast wäre, in jedem Fall ist der Schuldige tot.

Was soll es also? Aber so schnell kann Kerstin Hauk die Flinte natürlich nicht zurück an die Wand hängen, sie muss tiefer einsteigen in die Ereignisse.

In den Tagebuchaufzeichnungen, die in digitaler Form sichergestellt worden waren, spricht der Schreiber auch von seiner ihm angetrauten Ehegemahlin, Kerstin, von der er seit einigen Jahren getrennt lebt.

Als sie ihren Vornamen liest - Kerstin - stutzt sie kurz und ist unangenehm berührt. Die Frau des toten Mannes hieß wie sie, Kerstin - komisch!

Warum sie das komisch findet, kann sie sich nicht erklären; versucht es auch nicht lange. Eben ein Namensvetter... äh, eine Namensvetterin? Namenscousine?

Sie hatte sich als junges Mädchen oft genug geärgert, solch einen Dutzendnamen bekommen zu haben – Kerstin! Ein Modename jener Jahre, in denen sie und andere Mädchen in die Welt gesetzt worden waren. Sie vermutet, irgendeine Schlagersängerin, die oft genug in den Hit-Paraden auf Platz eins gewesen ist, wird so geheißen haben, wie sie und viele andere nun ebenfalls heißen. Durch den Unfall gibt es nun - gottseisgedankt! - eine Kerstin weniger, sagt sie sich und findet diesen Aspekt etwas makaber. Doch dann merkt sie, dass sie sich geirrt hat - es hat keine Reduzierung der Kerstins stattgefunden, die Frau von dem Toten war ja nicht umgekommen. Es war nur eine Reduzierung bei den Marias eingetreten. Ja, Maria hieß die tote Frau.

Staatsanwältin Kerstin Hauk gehört nicht zu denjenigen, die immer und ewig dem Recht zum so genannten Sieg verhelfen wollen. Auch nicht dem Frauenrecht. Sie ist überzeugt, dass auf Basis der Gesetze nur höchst selten das Recht siegt. Wem nützt es eigentlich, ob der Unfall ein Unfall, oder durch Vorsatz herbeigeführt worden war? Was hat das mit Recht zu tun? Alle sind tot.

Der Vater des getöteten Kindes allerdings besteht auf Klärung. Wäre dem namenlosen toten Mann eine Schuld nachzuweisen, könnte der Vater des Kindes auf Schadenersatz klagen, wenn keine Mitfahrerversicherung abgeschlossen wurde. Womöglich gibt es bei dem toten Mann was zu holen?

Wieso ist eigentlich, stutzt Kerstin Hauk, - wenn der Vater des toten Kindes bereits ermittelt wurde - nicht der Name des toten Mannes bekannt? Der Kindesvater muss doch gewusst haben, wie der heißt! Und wenn nicht - warum? Ist die Frau heimlich mit dem Mann und ihrem Kind fort gefahren?

Aber normalerweise - das weiß man aus der Literatur, aus Film und Fernsehen - wenn Frauen mit einem Geliebten ausbüchsen, dann lassen sie ihre Kinder dem Ehemann zurück, der dann von allen, ob seiner ungeheuren Bürde, die er nun zu tragen hat, bedauert wird.

Kerstin Hauk blättert noch mal einige Seiten zurück und findet die entsprechende Passage, wo es um die Forderungen des *"leiblichen Vaters des verunfallten Buben geht"*. Sie muss feststellen, dass sie den Text wohl zu schnell überflogen hat - es war nicht von den Forderungen des Vaters die Rede, sondern davon, dass der "leibliche Vater des verunfallten Buben" ein berechtigtes Interesse haben könnte... könnte! ..., Schadensersatzforderungen zu stellen.

Auch Versicherungen könnten auf Klärung bestehen. Schadensersatz, Haftpflicht, Lebensversicherungen...

All diese versicherungstechnischen Fragen, haben einen Staatsanwalt nicht unmittelbar zu interessieren. Kerstin Hauk schüttelt unwillig den Kopf, als wolle sie eine lästige Fliege abschütteln. Sie weiß allerdings, dass ihre Entscheidung Auswirkungen auch in diesen versicherungstechnischen Belangen haben werden.

Sie blättert in dem Hefter. Nein, weder die Identität des Toten, noch die des Vaters des Buben sind ermittelt worden.

Die zweifelsfreie Ermittlung der Identitäten der Toten wird die erste und primäre Aufgabe in diesem Fall sein. Dann die Ermittlung der Hinterbliebenen! Sie nickt energisch und macht sich eine entsprechende Notiz.

Um diese Fragen haben sich die Schweizer Beamten verständlicherweise nicht gekümmert. Sie hatten nur die Fakten zusammengesucht, die aus den Tagebuchaufzeichnungen des Mannes geschlussfolgert werden konnten. Das war eigentlich schon mehr, als man erwarten kann. Über das Kennzeichen des ausgebrannten PKW vom Typ Mazda hatte man sogar herausgefunden, dass es ein Mietauto von der Firma Hertz, Niederlassung Nürnberg war. Dort würde man bei weiteren Ermittlungen ansetzen können. So müsste man schnell den Mieter des Fahrzeuges finden und zu weiteren Informationen über die Identitäten gelangen. Kein Problem soweit!

Kerstin Hauk macht sich weitere Notizen und nippt zuversichtlich an ihrem Glas. Das Kind werden wir schon schaukeln!

Dem Bericht der Schweizer Kollegen sind die ausgedruckten Tagebuch-Aufzeichnungen des Mannes angefügt, die er auf einem, beim Unfall total zerstörten Notebook einer älteren Baureihe der Marke Siemens geschrieben und auf Disketten gesichert hatte. Die Aufzeichnungen sind nach Tagen geordnet. Kerstin Hauk lässt die Seiten wie die Karten eines Kartenspiels über den Daumen blättern. Das müssen mindestens... doch noch bevor sie eine Schätzung der Seitenzahl vornehmen kann, fällt ihr Blick bereits auf die Seitenzahl unten auf dem letzten Blatt - so viele Seiten! Vom Umfang her tatsächlich beinahe ein kurzer Roman. Wie kann man in so wenigen Tagen nur soviel Tinte, oder genauer gesagt – Bits verschwenden? Was manche Leute unter Urlaub verstehen? Ein Buch lesen, das gehört zweifelsohne zu einem guten Urlaub, aber eins schreiben...?

Im Fernsehen wird, wie sie beim kurzen Blick in das TV-Programm registriert hat, in wenigen Minuten ein alter französischer Film anfangen. Einer von der Sorte, die nicht mehr gedreht werden - oder wenn sie noch gedreht, dann nur höchst selten gezeigt werden - ein richtiger Film, kein Hollywoodschinken, ein Film mit richtigen Schauspielern, mit richtigen Handlungen, mit... mit... Kerstin Hauk ist der Name des Hauptdarstellers entfallen. Aber es ist einer ihrer Lieblingsdarsteller! Sie ist über sich selbst entsetzt - wie hieß der bloß? Noch ein paar Jahre und sie wird wahrscheinlich völlig verkalkt sein. Dessen ist sie sich allerdings ganz und gar nicht sicher. Im Gegenteil ist sie eigentlich überzeugt, dass sie - nicht zuletzt durch die Anforderungen ihres

Berufes - geistig fit ist und bleiben wird. Aber der Name will ihr nicht einfallen. Eduard... Ives... Jean...?

Sie ist hin und her gerissen – der Film oder diese Tagebuchaufzeichnungen?

Sie seufzt und gesteht sich eine gewisse, mehr als nur berufliche Neugier zu, die sie erfasst hat. Was wohl hat den Eifer der Schweizer Beamten so angestachelt? Was gibt es in den Tagebuchaufzeichnungen Interessantes zu lesen?

Der Ordner mit dem bedruckten Papier liegt vor ihr wie eine geheimnisvolle Höhle. Welche Geheimnisse kann man drinnen entdecken? Immerhin drei Tote. Und eine Beziehungskiste! Mann mit fremder Frau und fremden Kind...

Sie beginnt zu lesen. Es ist ihr, als würde sie in ein fremdes Haus treten und alles ungesehen beobachten können. Mäuschen spielen! Voyeurismus!?

Als Kind hatte sie manchmal, wenn ein Buch allzu aufregend geworden war, schnell erst mal am Ende nachgelesen, ob denn auch alles gut gehen wird. Das hatte sie dann zwar beruhigt, ihr aber doch die Spannung und das Vergnügen genommen. Sie tat es bald nicht mehr. Und um sich die Spannung nicht zu nehmen, bezwang sie auch jetzt diese Verlockung, am Ende oder zwischendrin nachzuschauen. Sie beschloss, so zu lesen, wie es die Schweizer Experten zusammengestellt hatten - der Reihe nach!

Das Deckblatt, wies wie ein Inhaltsverzeichnis aus, was an Berichten und Texten der Reihe nach ausgedruckt worden war. Nämlich nicht nur die Unfallprotokolle und die einzelnen Kapitel der Tagebuchaufzeichnungen, sondern zusätzlich Texte, die der Schreiber schon früher geschrieben und im Tagebuch erwähnt hat. Da waren noch ein Monolog: "Frei von der Leber weg" - der an der Stelle eingefügt wurde, wo er Erwähnung im Tagebuch findet - und am Ende ein längeres Textfragment über die erste Begegnung des Schreibers mit der Frau Maria.

Diese Texte waren ebenfalls auf CDs in dem Aktenkoffer, der das Unglück relativ schadlos überstanden hatte, gefunden worden. Kerstin Hauk kommt aus dem Staunen über den Arbeitseifer der Schweizer Kollegen kaum hinweg.

Sie beginnt mit der Lektüre.

"Aus dem Tagebuch des toten Mannes:"

Die Nacht vor der Abreise

Vereinbart hatte ich mit Maria: Abfahrt nach Italien spätestens sieben Uhr, Aufstehen sechs Uhr!

Das hieß natürlich - am Vorabend möglichst nicht so spät ins Bett zu gehen. Ich war deshalb rechtzeitig losgefahren und auch rechtzeitig am frühen Abend bei Maria angekommen. Die Autobahn war beinahe leer gewesen. 320 Kilometer in zweieinhalb Stunden!

Wenn ich zu Maria fahre, dann fahre ich meistens am Limit; so als könnte ich es nicht mehr erwarten. Und wenn ich dann in die Einfahrt zu dem alten Bauerngehöft einbiege, bekomme ich jedes Mal Herzklopfen. Zum anderen erinnere ich mich fast jedes Mal an das erste Mal - im Juni vor drei Jahren. Ich war einfach losgefahren. Ich wollte die Frau, die ich auf einem Seminar kennen gelernt hatte, dort erleben, wo sie wohnt. Irgendwie, damit sie real wird, damit sie eine bodenständige Erscheinung wird - mit Adresse und Hausnummer, damit sie kein Traum bleibt. Und dass ich damals nicht gleich sofort und für immer abgeschreckt worden bin, ist nur damit zu erklären, dass ich mich verliebt hatte - lebensgefährlich verliebt! Ich Rindvieh!

Die Unordnung in ihrem Haus hatte die Qualität von Chaos - veranstaltet von sieben Katzen und einem männlichen Kind von - damals - sieben Jahren, der ihr Sohn war. Entsetzlich! Alles lag durcheinander. Schon im Eingangsbereich, wo die Schuhe abgestellt werden, türmten sich auf unter und neben den Regalen Kleidungsstücke, Zeitungen, eingedreckte Schuhe, Gartengeräte, Spielzeug, Zettel, Handschuhe, Flaschen, Tuben, Tüten und Krimskrams jeder Art und Sorte. Noch schlimmer der Küchentisch, wo - wie man so sagt - der Kamm in der Butter lag. Bücher lagen in der Marmelade und obendrauf zwei Katzen. Ein Schock, den ich nur überwand, indem ich mich blind stellte. Und das war mir nicht mal schwer gefallen. Das muss ich unumwunden zugeben.

Jedes Mal, wenn ich in die Einfahrt zum Bauernhof einbiege, habe ich auch Angst, eine der Katzen zu überfahren. Es waren schon mal elf gewesen, jetzt waren nur noch sieben da - plus drei Gastkatzen, die wild in einer der Scheunen wohnten und von Maria durchgefüttert wurden. Sie könne keine Katze wegjagen. An die Katzen hatte ich mich gewöhnt, an die Unordnung im Haus und im gesamten Anwesen nicht.

Als ich am Tag vor der Urlaubsreise in die Einfahrt zu Marias Anwesen einbog, hegte ich die leise Hoffnung, Maria könnte, wie sie das oft getan hatte, wenn ich kam, bereits gebadet sein und duftend auf mich warten. Frisch gebadet mag ich sie am liebsten. Obwohl es mich nicht abschreckt, wenn sie mal bisschen riecht. Aber ich nehme ihre Reinlichkeitsbemühungen auch als Zeichen, dass sie mich will.

Ich kann mich nicht erinnern, dass sich Kerstin zielbewusst und mich damit animierend mal gebadet oder geduscht hätte. Kerstin musste ich nehmen, wie sie war. Wenn ich sie wollte.

An dieser Stelle der Lektüre kann sich Kerstin Hauk einer unbewussten Welle von innerer Empörung nicht erwehren. Na, das ist doch die Höhe! Sie ist doch immer auf höchste Sauberkeit bedacht. Manchmal findet sie selbst, dass sie es fast ein bisschen mit der Reinlichkeit übertreibt - gerade im Intimbereich!

Dann schlägt sie sich leicht vor die Stirn und muss über ihre spontane Reaktion lachen. Mit 'Kerstin' war schließlich nicht sie gemeint! Das muss so eine Art Pawlowscher Reflex sein - man hört seinen Namen und man fühlt sich angesprochen!

Sie schüttelt den Kopf. Dass die Exfrau des Tagebuchschreibers aber auch ausgerechnet, wie sie, den Namen "Kerstin" tragen muss...!

Sie schüttelt den Kopf nochmal und vertieft sich wieder in die Lektüre.

Aber Maria hatte, als ich jetzt bei ihr eintraf, noch nicht gebadet. Sie war wegen eines Auftrages, die Biografie einer alten betuchten Dame aufzuschreiben, den sie noch nicht geschafft hatte, in Zeitnot geraten. Sie wollte vor der Abreise in den Urlaub noch unbedingt ein Kapitel fertig stellen, um dann wenigstens wieder eine Teilrechnung an die Auftraggeberin absenden zu können. Ein Verlag soll schon Interesse signalisiert haben. Die alte Dame drängte nun um so mehr darauf, dass ihr Leben zu Papier kam.

Das, was ich über dieses Leben erfahren hatte, fand ich ziemlich langweilig. Jüdin, drittes Reich, Nazis, Auschwitz und so weiter und so fort - das hatten wir uns in der DDR von den Hacken abgelaufen. Da gab es nichts mehr Neues. Das war hundertfach abgearbeitet.

Maria hingegen, als waschechte "Wessiene" war fasziniert und erschüttert.

Natürlich konnte es ihrem Konto nichts schaden, wenn wieder mal drei- oder viertausend Mark eingehen würden. Damit bestünde immerhin auch die Möglichkeit, dass ich nicht die gesamten Kosten für den gemeinsamen Urlaub würde allein tragen müssen.

Seit ich Maria kenne, trage ich die Kosten für gemeinsame Unternehmungen fast immer allein, weil sie nach ihrer Scheidung ziemlich abgerutscht ist - finanziell. Die Zinsen für den Kredit, mit dem sie das Anwesen in Muhr am See gekauft hat, sind nicht unerheblich. Eine Festanstellung als Lektorin in einem Verlag kann sie wegen ihrem kleinen Sohn nicht annehmen. Abgesehen davon, dass es einem Fünfer im Lotto gleichkäme, eine Lektorenstelle bei einem Verlag zu finden. So unterrichtet sie stundenweise an der Volkshochschule und schreibt - wenn sich jemand findet - Biografien. Motto: Ihre Enkel werden sich freuen!

Ich unterstützte Maria, zahle, wenn wir etwas unternehmen oder Essen gehen, und ich zahle die Leasingraten für ihr Auto. Mehr geben meine eigenen Einkünfte momentan nicht her. Die Geschäfte laufen müde.

Wenn allerdings eines Tages mein Buch fertig ist... und ein Bestseller werden würde... - ob ich dann noch mit Maria zusammen bin? Ich komme einfach nicht vorwärts mit dem Manuskript. Seit beinahe 7 Jahren puzzle ich daran herum und bin über die ersten vier Kapitel, von zwanzig konzipierten, noch nicht hinweggekommen. An erster Stelle steht der Job, das Geschäft, dann war immer die Familie... jetzt Maria...

Und nun im Urlaub schreibe ich also Tagebuch, um mit meiner Situation und mit Maria besser zurechtzukommen - und mit meiner Trennung von Kerstin! Es ist eine Art therapeutisches Schreiben! Bewältigung von Schuldgefühlen. Daraus kann eigentlich auch kein Bestseller werden, ahne ich undeutlich.

Und manchmal habe ich die schlimme Ahnung, dass ich mein Buch, welches eine philosophische Abhandlung über die Subjektivität der Zeit werden soll, nie fertig bringen werde - aus Zeitmangel! Und wenn doch, dass es dann auch kein Bestseller werden kann. Wen interessiert denn das? Die Zeit!

Ich saß also am Vorabend unseres Urlaubs in Marias Wohnzimmer geduldig vor dem Fernseher und wartete, wann Maria denn nun ihr Pensum an der Biografie der alten Dame endlich geschafft haben möge, um dann mit ihr gemeinsam ins Bett gehen zu können.

Schon auf der Fahrt hatte ich sehr intensiv an sie gedacht. Wobei - was heißt "an sie gedacht"? Hauptsächlich an sie als Frau, an ihren Körper! Die Vorstellung, wie ich sie zum Höhepunkt bringe, und dann die gemeinsame Ekstase, der kleine Tod, wie Orgasmus übersetzt werden kann... immer wieder unglaublich! Manchmal denke ich fast, dass unsere Beziehung vorwiegend vom Sex zusammengehalten wird. Im Bett war und ist es mit Maria einfach umwerfend. Und das war es wohl auch, was mich umgeworfen hatte, als ich sie kennen lernte.

Ich möchte gerne wissen, wie viel Ehen eigentlich nur wegen Sex geschlossen werden und dann nicht mal beim Sex funktionieren!

Dann schon lieber keine Ehe und es klappt wenigstens beim Sex.

Vielleicht wären zwei Frauen wirklich das Beste für einen Mann - eine fürs Bett, die andre als Freund. Wobei Maria durchaus Kumpel ist, ehrlich, zuverlässig... aber wir ticken irgendwie sehr verschieden. Vierzig Jahre lang haben wir in sehr unterschiedlichen Welten gelebt, in zwei Kulturen, deren Unterschiedlichkeit uns jetzt nach und nach - und nicht nur uns! - Schritt für Schritt bewusst wurde. Oder wir bemerken sie unterbewusst. Dumpf.

Besonders schmerzlich kommt die Unterschiedlichkeit denen im Osten ins Bewusstsein, die Jahrzehnte nichts anderes ersehnt hatten, als in den Westen zu kommen; denen, die da 1989 auf den Straßen gebrüllt hatten "Wir sind ein Volk!" Gerade jene sind jetzt fest überzeugt, dass es zwei Völker gibt - gute Ossis und doofe Wessis. Ich gönne ihnen die Enttäuschung. Sie war vorauszusehen.

Mir war der Westen niemals eine Alternative gewesen, sosehr ich am Verzweifeln war - über den Osten. Man brauchte doch nur hinzuschauen - alle konnten sehn, wessen Geistes Kind dieser Westen ist. Es gab das Fernsehen! Entlarvend genug.

Die alte Entschuldigung - Motto: "Wenn wir das gewusst hätten...!" - die gilt nicht. Wer wissen wollte, konnte wissen, was im Westen los ist. Und umgekehrt, was im Osten los ist. Doch was im Westen wirklich los war, wollte im Osten niemand wissen. Und was im Osten los war, hat im Westen keinen interessiert. Es regierten vierzig Jahre lang Klischees und Vorurteile.

Mittlerweile bin ich mit Maria fast drei Jahre zusammen. Wir führen eine Wochenendbeziehung. Aller vierzehn Tage, wenn der Mirko - so heißt Marias Sohn - übers Wochenende bei seinem Vater ist, kommt Maria zu mir. Die andere Woche fahre ich nach Bayern.

Beim Nachdenken über diese Art von Beziehung kam ich schon oft zu dem Schluss, dass es gar nicht so schlecht funktioniert. Aber von "Zusammenwachsen" kann keine Rede sein.

Gegen 1 Uhr in der Nacht vor der Fahrt in den Urlaub gab ich dann das Nachdenken über unsere Beziehung und auch das Warten auf. Die Flasche Rotwein war leer - mir fielen die Augen zu. Ich ging zu Maria ins Arbeitszimmer und teilte ihr mit, dass ich ins Bett gehen wolle.

"Wenn du dann kommst, kannst du mich ja noch mal munter machen." - sagte ich, ließ meine Hände von ihren Schultern auf ihre Brüste gleiten, gab ihr einen Kuss in den Nacken und bekam eine leichte Erektion.

Maria kam dann erst gegen 3.30 Uhr. Von meiner Erektion war nichts mehr übrig.

Und der Ärger begann: Erstens war ich nicht, wie ursprünglich versprochen, so recht munter-werd-willig. Mir war auch irgendwie zu warm im Bett - durch das geöffnete Fenster kam keinerlei Kühlung, meine Füße glühten, mein Kopf war infolge des Rotweinkonsums nicht in bester Verfassung und außerdem fand ich es plötzlich von Maria ziemlich idiotisch, die Arbeit so einzuteilen, dass sie bis in den Morgen hinein schaffen musste. Zumal, wenn man just an diesem Morgen in den Urlaub nach Nizza reisen will. Immerhin zehn Stunden Autofahrt! Und man will ja heil ankommen und nicht etwa einpennen und von den Leitplanken an der Autobahn aufgeschlitzt werden! Nein, danke!

Die Leitplanken sind überhaupt die teuersten und sichersten Hilfsmittel, um aus der kleinsten Karambolage einen schweren Unfall zu machen. Oft könnte man ohne Leitplanken ins Gelände ausweichen - und wenn man sich achtmal überschlägt! - die Chancen zum Überleben sind allemal größer, als zwischen den Leitplanken.

Bevor sich Maria zu mir legte, um mich richtig munter zu machen, konnte ich mir eine kritische Äußerung nicht verkneifen: "Konntest du denn nicht schon gestern so lange arbeiten, um fertig zu werden?"

"Gestern habe ich auch bis zwei gearbeitet."

"Dann eben vorgestern."

"Da habe ich bis drei gearbeitet."

"Mein Gott - ich meine, dass man sich doch eine Arbeit, die über Monate geht, rechtzeitig so einteilen muss, dass man nicht am letzten Tag..."

"Ich arbeite mehr als du!"

Bereits an dieser Stelle wusste ich, wie der weitere Verlauf der Auseinandersetzung sein wird. Maria würde auf mich einreden, Stellungnahmen fordern, sich verteidigen, nur eins würde sie nicht tun - sagen: Herrje, entschuldige bitte, ich hab's einfach nicht wie geplant auf die Reihe gekriegt. Sei nicht böse!

Nein, dass irgendwer eine gewisse Berechtigung haben könnte, eine kritische Anmerkung zu machen, lag außerhalb ihrer Denkmöglichkeiten. Sie fühlte sich angegriffen. Außerdem zurückgestoßen: "Du hattest gesagt, dass ich dich munter machen soll."

Ihr begreiflich zu machen, dass diese Aussage, die ich tatsächlich getroffen hatte, unter der Voraussetzung gemacht worden war, dass die Zeitdifferenz zwischen meinem Zubettgang und ihrem Kommen eine Stunde wesentlich unterschreiten würde, war unmöglich. Ich hatte es gesagt und nun wollte sie ihr Recht.

Ich bin mir nicht mehr sicher, ob in der anschließenden verbalen Schlammschlacht das Wort "Schlappschwanz" fiel, aber die Flut von Fragen und Anwürfen, die ich über mich wegen meiner Verweigerung zum Beischlaf zusammenschlug, kam diesem Wort im Kern gleich. Wehe, ich funktioniere nicht, wie sie glaubt, dass einer zu funktionieren hat!

Wenn ihr zum Beispiel danach ist, mich in der Öffentlichkeit zu küssen und ich reagiere abweisend... oder wenn sie in einer Gaststätte ihren Kopf auf meinen Arm schmiegt und ich ziehe den Arm weg... oder wenn ich die Todesstrafe, die es in den USA noch gibt, nicht gleichermaßen furchtbar finde... oder die Gewinnung von Strom aus Atom für nur halb so verbrecherisch ansehe wie sie...

Wenn ich nicht so funktioniere, wie sie sich das vorstellt, dann habe ich wenigstens plausible Erläuterungen zu geben - warum, weswegen...?

Es mag ja sein, dass ich in bestimmten Situationen auf Marias Zärtlichkeiten unnormal reagiere. Vielleicht bin

31

ich irgendwie verklemmt. Mit Sicherheit habe ich eine Art Phobie gegen Austausch von Zärtlichkeit, wenn andere zuschauen. Ich sehe es nicht gern, wenn andere knutschen, also tue ich es auch nur dann, wenn es andere nicht sehen. Und solche Ausuferungen, dass manche Paare sich derartig intensiv miteinander beschäftigen - an der Bushaltestelle, oder am Strand, oder wo auch sonst, dass man meint, die fangen jeden Moment an zu vögeln... - das stößt mich ab!

Anderseits gab ich mir oft große Mühe, Maria zu erklären, was mich umtreibt, was ich denke, was ich will, wie ich die Sachen sehe... - mit dem Erfolg, dass sie nicht auf das hört, was ich sage, sondern immer wieder nur das Recht der eigenen Meinung postuliert, welches ich zu akzeptieren hätte. Aber ich habe Meinungen noch nie akzeptiert - und wenn wir in diesem Land jetzt zehnmal die Meinungsfreiheit haben! Meinung ohne Kompetenz ist für mich das Übelste, was ich mir denken kann.

Für Maria ist die eigene Meinung so was wie ein Gottesersatz - St. Eigene Meinung!

An den lieben Gott glaubt sie seit ihrem dreizehnten Lebensjahr nicht mehr. Da war eine Party bei einem ihrer Cousins, wo sie irgendwie am eigenen Leibe erfuhr, wie schön es mit Jungs ist. Aber was heißt "irgendwie"? Wenn sie später mit Jungs hinter der Turnhalle gestanden hat und die Jungs haben... bloß so mit den Fingern... da hatte sie regelmäßig einen Orgasmus, hat sie erzählt.

Nein, ein Gott, der so was verbot, konnte nicht liebenswürdig sein. Sie hatte mit Hilfe von "Bravo" und

Oswald Kolle, dem Aufklärungsbrutalo der sechziger Jahre, eigene Vorstellungen entwickelt - eine eigene Meinung zur Welt. Das was sie mit den Jungs so irre fand, konnte doch nichts Schlechtes sein. Ihr Nachtgebet lautete vielleicht:

Eigne Meinung, die du bist im Kopfe, geheiligt sei dein Wortlaut, mein Wille geschehe... und lass täglich einen in mir sein - in Ewigkeit - Amen!

Warum ich das so bösartig und ironisch formuliere, weiß ich nicht genau. Aber die Mädchen, die sich zu meiner Zeit hinter der Turnhalle oder in anderen dunklen Ecken reihum befingern ließen, waren in meinen Augen verdorbene Schweine gewesen! Beinahe unvorstellbar. Dass es einem Mädchen gefallen könnte, wenn man mit den Fingern...!

Das habe ich erst durch Maria erfahren. Sie hatte mich mal dazu aufgefordert: "Warum versuchst du nicht, mit dem Finger in mich einzudringen?" Ich wäre nie auf die Idee gekommen. So was tut man doch nicht! Frei nach dem Motto: Wer andern in der Nase bohrt, ist selbst ein Schwein. Da war ich im zarten Alter von 49 Jahren.

Die ewigen Beschimpfungen der Mutter, sie sei eine Nutte, hätten ihr dann in der Teenyzeit den Spaß an der Sache vergällt. Sie sei beim normalen Verkehr nie zum Orgasmus gekommen. Es sei für die Männer recht anstrengend gewesen, ihr zu ihrem Recht zu verhelfen. Meist hätte sie es selbst vollendet. Onanie am Manne!

Lange Jahre hätte sie daher geglaubt, frigide zu sein. Trotzdem muss ihr Sexualleben seit sie Sechzehn war ziemlich intensiv gewesen sein. Es ist ja auch... - wenn sie mit mir zusammen ist... - eigentlich kann sie nicht genug kriegen, es sei, dass sie wund geworden ist. Und über mich kann ich nur staunen - dass ich derartig verrückt nach ihr bin...?

Die Situation in dieser Nacht vor dem Urlaub war jedenfalls wieder eskaliert. Ich versuchte unter Aufbietung größtmöglicher Beherrschung, die bevorstehende Diskussion dadurch abzublocken, dass ich auf die fortgeschrittene Morgenzeit und die wenigen Stunden, die für den unentbehrlichen Schlaf noch verbleiben... zehn Stunden Fahrt mit dem Auto standen bevor...

Es war aber bereits zu spät. Mit ihren wortreichen und wohl formulierten Tiraden - Maria besitzt von Berufswegen eine hervorragende Rhetorik! - trieb sie mich wieder in jene Ecke, in welcher ich mich wie ein gefangenes Tier fühle und dann auch so handle. Ich beiße um mich, ich fauche, und ich schlage dann irgendwann nicht nur verbal um mich!

Ich habe Angst, dass Maria mit ihrer Art des Streitens mich irgendwann mal derart auf die Palme bringen könnte, dass ich ernsthaft zuschlage. Kraft genug habe ich, um einen Ochsen von den Beinen zu holen. Als Kind war ich Geräteturner - Leistungsklasse! Muskeln für den gestreckten Schwebehang an den Ringen! So was bleibt.

Ich muss an dieser Stelle zu meiner Verteidigung betonen, dass Marias rhetorisch geschliffenen Attacken oft jeglicher Logik entbehren. Wenn ich mich dann bemühe, die Auseinandersetzung mit normal-logischen Ketten zu entschärfen, mich schinde und quäle, mich - beinahe selbst übertreffend - teilweise selbst in Zweifel ziehe, um ihr die Zustimmung zu erleichtern... sie weicht aus. Argumentiere ich: Der Stuhl sei umgekippt, weil jemand ein Bein abgesägt habe, entgegnet sie, dass auf dem Tisch aber immer Blumen gestanden haben. Zum Haarausraufen!

Als ich noch mal meinen Standpunkt zu erklären versuchte, dass es keinen objektiven Grund geben könne, gerade in der Nacht vor der Urlaubsreise nach Nizza bis in die Puppen zu arbeiten, entgegnete sie, dass sie allein stehende Mutter sei, mit Haus, Garten...

- ...sieben Katzen... und einem Lebenspartner, der jede Woche zwei oder drei Tage auf Besuch kommt, fügte ich provokatorisch hinzu.

"Soll ich meine Katzen vergiften?", lautete die Gegenrede von ihr. An dieser Stelle war ich nahe daran, ein absolutes Sakrileg zu begehen: Mir lag auf der Zunge "Ja!" zu antworten.

Weil Marias Exgatte kein hinreichendes Verständnis für ihren Schmerz wegen des Verlustes einer ihrer Katzen zeigte, hatte sie ihn in die Wüste geschickt, bzw. war selbst dahin gegangen. "Ich begriff, dass er immer nur an sich selbst denkt. Mangelnde Empathie!"

Ich stand wenige Atemzüge vor der gleich lautenden Beurteilung. Aber ich besiegte mich und schwieg.

Was mir nichts half.

Denn Momente später, als ich bereits nur noch brüllen konnte und nur noch den Wunsch hatte, sie leblos mit gespaltenem Schädel vor mir liegen zu sehen - da urplötzlich begann die Phase, die fast immer im Verlauf eines Streites irgendwann beginnt, wo sie mich behandelt, wie ein krankes Pferd. Motto: Komm, geh jetzt in den Stall und friss Stroh, ich streichle dich noch ein bisschen!

Urplötzlich konnte sie einen Streit abbrechen und sich auf Zärtlichkeit umpolen. Den Streit beenden, nennt sie das. Diese Umschwünge verkrafte ich nicht. Ich brauche Stunden, um mich nach schlimmen Streitereien zu beruhigen.

Meine Vorfreude auf den gemeinsamen Urlaub war jedenfalls ins Unermessliche gestiegen.

Anzufügen wäre an dieser Stelle, dass Mirko, Marias Goldsohn - vor wenigen Tagen neun Jahre alt geworden, ein aufgeweckter Bursche, gegen den eine Nervensäge ein Beruhigungsmittel ist - mit in den Urlaub fahren würde. Womit habe ich das verdient? Warum muss ich mir das antun?

Maria ist übrigens sieben Jahre jünger als ich, aber in den letzten Monaten beinahe so mollig geworden, wie es meine Ex-Frau war, bevor ich sie wegen Maria verlassen habe.

Ich weiß nicht genau wie, aber schließlich fand ich einen unruhigen Schlaf und träumte von allen möglichen nackten Frauen. Mehr oder weniger gesichtslos. Aber mit ausdrucksvollen Schenkeln!

Möchte ich mit Maria alt werden? Und mit ihren Katzen?

Kapitel 2

Staatsanwältin Kerstin Hauk schiebt die Akte von sich, lehnt sich zurück und reibt sich die Hände am Bademantel trocken. Sie ist erregt. Was sie da soeben gelesen hat, findet sie doch ziemlich erstaunlich. Was soll das werden? Wozu schreibt der das? Wollte der das tatsächlich veröffentlichen? Wen würde so was interessieren? Oder will der sich selbst nur Klarheit verschaffen? Sucht er nach den Motiven, die ihn berechtigen, die Beziehung – so oder so – zu beenden? Ist es vorauseilende Rechtfertigung?

Sie weiß, dass sie sich diese Fragen zu früh stellt. Das Tagebuch umfasst viele Seiten. Aber sie notiert sich die Fragen auf ihrem Schreibblock. Sie ahnt, dass die Fragen die Kernproblematik berühren könnten – Rechtfertigung für einen Mord! Das Tagebuch als ein prämortales Plädoyer?

Zugleich gesteht sie sich ein, dass sie durchaus mit Interesse und heimlichem Vergnügen gelesen hat, und sich gut unterhalten fühlt. Anderer Leute Beziehungsprobleme sind eigentlich immer irgendwie erheiternd. Noch dazu, wenn sie so authentisch, so direkt aus dem Leben geschürft ausgebreitet werden. Man könnte sich totlachen über die Dummheit der anderen.

Natürlich hat sie die Passage mit besonderer Aufmerksamkeit registriert, wo der Mann schreibt, dass er nur noch den Wunsch hätte, sie - also, diese Maria, leblos mit gespaltenem Schädel vor sich liegen zu sehen. Das dürfte eine dieser Stellen sein, die die Schweizer Ermittler stutzig gemacht haben.

Kerstin Hauk schüttelt den Kopf - nein, diese Stelle war eindeutig eine Übertreibung, war nicht ernst gemeint von dem Schreiber. Der wollte nur deutlich machen, wie groß seine Wut gewesen ist. Wobei sie sich natürlich gleichzeitig einräumen muss, dass nicht wenige Morde einfach in Wut passieren.

Von dem, was der Schreiber über seine Partnerin, diese Maria und deren Jugend angedeutet hatte, fühlt sich Kerstin Hauk einigermaßen betroffen. Unwillkürlich stiegen ihr Erinnerungen an ihre eigenen Erfahrungen auf. Auch so ein Reflex, dem man sich wahrscheinlich niemals entziehen kann. Sagt einer, dass er einen Schnupfen hat, schon erinnert man sich, wie man letzthin selbst unter dem Virus litt. Erinnerung kommt meist ungefragt und ungebeten, irgendwer schlägt eine Saite an und man gerät wie der Resonanzkörper einer Gitarre in Schwingungen. Oder wie eine Geige. Oder wie eine Bassgeige, die man Großmutter nennt – schmunzelt Kerstin in sich hinein.

Nein, noch ist sie keine Großmutter. Ihre Kinder wären zwar längst reif fürs Kinder-in-die-Welt-setzen, aber sie lassen sich noch Zeit. Der Junge, weil er gar nicht sicher ist, ob er jemals so was wie eine Familie haben will; die Tochter, weil sie schwankt, ob man in die Welt, wie sie existiert, überhaupt noch Kinder setzen soll. Und so leid es Kerstin Hauk manchmal darum ist, keine Enkel zu haben, so ist sie doch stolz auf ihre Kinder, die nicht so einfach gedankenlos dahinleben, sondern sich ihren eignen Kopf machen.

Kerstin Hauk, die Möchtegern-Großmutter, registriert mit leichter Verwunderung, wie stark sie in Schwingung geraten ist, wie stark die eigenen Erinnerungen nach oben streben. Ob sie ihre Erlebnisse der Teenyzeit überhaupt schon verarbeitet hat? Es scheint ihr fraglich. Wer schon, fragt sie sich, kann von sich behaupten, seine Kindheit verarbeitet zu haben. Bestimmt kann das hundertprozentig niemand von sich behaupten! Besonders diese verrückten Jahre am Ende der Kindheit, wenn die Hormone Schicksal spielen. Man wird in der Pubertät einfach Dingen und Einflüssen ausgesetzt, die man weder vermeiden noch wünschen kann – man wird gelebt und staunt hinterher, manchmal noch Jahrzehnte später, was sich da abgespielt hat mit einem.

Kerstins Teenyzeit war nicht sehr einfach verlaufen. Sicher ganz anders, als bei dieser Maria, ganz anders! Das glatte Gegenteil! Und schon deshalb ist ihr diese Maria ausgesprochen unsympathisch. Schon nach den ersten Seiten des Tagebuches! Ein nymphomanisches Luder!

Kerstin Hauk gesteht sich ein, dass dieses Urteil sicherlich ungerecht ist und wundert sich über die Heftigkeit ihrer Ablehnung. Ist ihr der Mann bereits sympathisch? Obwohl sie diesen Kerl doch eigentlich verachten müsste. Auch so einer, der seine Frau nach langen Ehejahren einfach hat sausen lassen! So wie es ihr Mann getan hat - das Arschloch! Komisch, dass sie gegenüber dem Schreiber nicht auf Distanz gegangen ist! Stattdessen ergreift sie seine Partei – gefühlsmäßig. Sie schüttelt missbilligend ihren Kopf.

Beinahe kommt Kerstin auf die Idee, die Akte schließen zu müssen, weil sie befangen sein könnte. Doch diesen juristischen Aspekt schiebt sie schnell beiseite - jeder andere Staatsanwalt, ob weiblich oder männlich, würde sicherlich ebenfalls an eigene Erfahrungen denken müssen, wenn er so was liest. Normal! Und irgendwie gefühlsmäßig Position beziehen... - normal! Absolut neutral ist man nie!

Außerdem ist die Entscheidung, die sie in diesem Fall zu fällen haben wird, keine, die auf Tod und Leben zielt, oder auf das Schicksal von Menschen Einfluss nehmen wird – nein, die Betroffen kann nichts mehr jucken, die sind tot. Und die Hinterbliebenen...? Der Vater des Kindes?

Hatte der Schreiber eigentlich Kinder? Aus der ersten Ehe mit ihrer Namenscousine?

Sie ist sich sicher, dass sie das im Laufe der Lektüre noch erfahren wird. So genau, wie dieser Mann die Dinge beschreibt, wird sie letztlich sowieso mehr erfahren, als für ihre Entscheidung, ob ein Ermittlungsverfahren einzuleiten ist oder nicht, nötig wäre.

Sie nippt wieder an ihrem Wermut und bestaunt das Farbspiel, welches die Sonne mit den Wolken da am Himmel über den Bäumen des Stadtparks in Szene setzt. Tausendmal erlebt und immer wieder faszinierend!

Sie denkt an sich, als sie noch Teeny war - sie hat nicht hinter der Turnhalle oder in anderen dunklen Ecken gestanden, um sich von Jungs befummeln zu lassen. Leider. Wie gerne hätte sie schon damals zu den Mädchen gehört, die von den Jungs umschwärmt wurden. Jedenfalls manchmal! – schränkt sie ein. Und vielleicht gilt der kleine Wunsch, manchmal zu den umschwärmten Mädchen zu gehören, erst aus der Perspektive von heute. Damals war bei ihr die Überzeugung aufgekommen, etwas Besseres zu sein, als diese Nutten. Die Mutter schärfte ihr ein, sie solle sich nicht wie „sowas" benehmen! Wie „sowas"!

Sie hört noch ihren Vater reden - und wenn du mit einem Kind im Bauch nach Hause kommst, dann reiße ich dir ein Bein aus! Und ein Kind konnte man bekommen, wenn man sich wie „sowas" benahm. Wobei es eben oft so ist, dass die, die sich wie „sowas" benehmen, keine Kinder bekommen, sondern die, die es nur mal probieren. Über die Anwendung von Kondomen und anderen Möglichkeiten von Verhütung hatte sie vielleicht mal was läuten hören, aber begriffen hatte sie solche Dinge nicht. Es stand außerhalb ihrer Vorstellungskraft, sich solcher Mittel und Möglichkeiten zu bedienen.

Sie war lange auf Distanz zu den Jungs geblieben. Und wenn es zu näheren Kontakten gekommen war, mal nach dem Schülerball oder im Ferienlager am Lagerfeuer... es war zwar schön, wenn sie sich von einem Jungen umschwärmt fühlen konnte, aber es hat ihr nie Spaß oder gar Lust bereitet. Es war aufregend, aber immer mit dem Ruch des Verbotenen. Sich dem Vergnügen einfach hinzugeben, sich einfach treiben zu lassen in die Verliebtheit... – das hatte sie sich nicht gegönnt. Und sie hatte ja auch nicht wissen können, dass es da etwas gab, was sie sich hätte gönnen, was ihr hätte gefallen können. Sich von Jungs zwischen den Schenkeln... mit den Fingern... undenkbar! Schweinerei!

Kerstin Hauk bemerkt, dass sie ähnliche Moralvorstellungen gehabt haben muss, wie dieser Tagebuchschreiber. Er hatte auch von "Schweinerei" geschrieben. Wer andern in der Nase bohrt...!

Kerstin Hauk muss grienen. Nase!

Später beim Studium, obwohl sie dort mitten in einer Art Internats-Kommune, einer Wohngemeinschaft lebte, blieb sie in punkto Sex eine Mumie – eingewickelt in alle möglichen Vorurteile und Verklemmungen. Mangels eigener Erfahrungen wurde das, was bei anderen ablief, zu mystischem Nebel. Spiralnebel, die sie so wenig begreifen konnte, wie die Unendlichkeit des Weltalls. Als beispielsweise ein Junge aus der Clique sich mit ihrer besten Freundin zusammentat, und die beiden dann geschlagene vierzehn Tage nicht aus ihrem Zimmer kamen, war das ein galaxienverschlingendes schwarzes Loch. Sensationell!

Die beiden lebten nur mit sich. Vorlesungen, Seminare, Feten... unwichtig! Aber was wohl taten die? Vierzehn Tage lang?

Kerstin Hauk glaubt es mittlerweile ahnen zu können, was die beiden damals erlebt hatten. Sich selbst auf ein wildes, ungestümes Liebesabenteuer einzulassen, wäre ihr damals nicht möglich gewesen. Und die Hemmschwelle, sich mit einem Kerl soweit einzulassen, dass es zum Sex kam, wurde immer höher. Schließlich war sie als Jungfer in die Ehe mit Achim getreten.

Kerstin Hauk lächelt vor sich hin. Etwas wehmütig. Mein Gott, war ich blöd!

Achim Hauk, oder genauer Hans-Joachim Hauk, mit dem sie juristisch gesehen noch immer verheiratet ist, lebt auch seit gut drei Jahren mit einer anderen Frau zusammen. Ähnlich wie der Tagebuchschreiber. Und wie so viele Männer, die nur von Sex gesteuert sind!

Ja, von Sex gesteuert! Eine Behauptung, die sie als Erklärung für das Scheitern ihrer Ehe oft gegenüber engeren Freundinnen geliefert hat. Einfach und plausibel: Ihm ist der Verstand in den Schwanz gerutscht!

Jedenfalls - das Kapitel "Achim" ist abgeschlossen. Sie fühlt sich irgendwie befreit. Seit sie allein ist, hat sich ihr Freundeskreis verdoppelt. Abgesehen von einer ersten depressiven Phase hat sie ihr Leben in die eigenen Hände genommen, sich beruflich stärker engagiert, Bekanntschaften gemacht... auch mit Männern... gut fünfzehn Kilo abgenommen... noch nie hat sie eine derartige Nachfrage erlebt. Sie lächelt bei diesem Gedanken. Es ist kein schlechtes Gefühl, wenn die Männer zweimal gucken!

Sie schaut wieder in den rot gefärbten Himmel über dem Silbersee. Ein Bilderbuchsonnenuntergang. Es fällt ihr schwer den Blick ab- und wieder in die Akten zu wenden - in diese Tagebuchaufzeichnungen!

Es sind zweifelsfrei die Tagebuchaufzeichnungen eines Mannes, der ähnlich, wie ihr eigener Mann, seine Frau verlassen hat, um mit einer anderen zu leben, und nicht richtig glücklich geworden ist! Ob ihr Ex nun glücklich ist mit seiner neuen Flamme oder nicht, weiß sie nicht genau. Ach, Männer!

Kerstin Hauk hat seit der Trennung von ihrem Mann nicht mehr die beste Meinung von Männern. Da waren ihr in der Folgezeit, bei dem Versuch, einen neuen Partner zu finden, zu viele Idioten untergekommen. Aufgeblasene Machos, wunderliche Egozentriker, langweilige Traumtänzer... Viele wollten nur Sex und keine Beziehung. Und was will sie?

Oft hat auch ihr der Sex genügt. Dafür hat der jeweilige Mann getaugt, den sie da eben hatte. Mehr hätte sie oft gar nicht gewollt. Ja, wenn sie ganz ehrlich ist, dann hat es nach der Trennung bisher noch keinen gegeben, von dem sie hätte mehr als Sex haben wollen.

Momentan ist sie sich nicht ganz sicher, ob sie nicht einfach das Kapitel Männer für sich abschließen soll. War sie in den 24 Jahren mit ihrem Mann ohne Orgasmen ausgekommen, warum soll sie es dann jetzt nicht mit Orgasmen, aber ohne Mann aushalten? Sie lässt die rechte Hand in den Schoß gleiten. Aber sie ruft sich sofort zur Ordnung - erst die Arbeit, dann das Vergnügen! Die Akte ist noch dick.

"Aus dem Tagebuch des toten Mannes:"

Anreise

Pünktlich 6 Uhr kam der Wecker namens Mirko ins Schlafzimmer. Es gibt keine wirkungsvolleren Wecker als Kinder! Und sie lassen sich nicht einfach abstellen. Mein Wecker bekommt im Ernstfall einen Schlag aufs Haupt... - bei Mirko würde das nichts nützen. Das war mir klar und ich versuchte es daher gar nicht erst.

Ich fühlte mich wie zerschlagen, aber eigenartigerweise war der ganze Frust der Nacht wie weggeblasen. Ich spürte in mir eine fast ungetrübte Freude auf die Fahrt in den Urlaub. Das kam wohl daher, dass ich mir noch vor dem Einschlafen klar gemacht hatte, dass ich ja selbst Schuld hatte an der Situation. Niemand hat mich gezwungen, mit Maria in den Urlaub zu fahren. Ich wollte den Urlaub - und die Beziehung zu Maria! Ich hatte meine Ehe mit Kerstin zerschlagen! Ich hatte meine Kinder, meine Eltern, meine Freunde... alle hatte ich vor die Situation gestellt, dass nichts mehr ist, wie es mal war.

Ich habe Maria gewollt!

Ich habe die Augen zugemacht - gleich am Anfang, als ich schon ahnte, wer sie ist: Eine divergente Persönlichkeit! Das hatte sie selbst an Hand irgendeines psychologischen Artikels zum Thema "Zeitmanagement" herausgefunden. Früher nannte man so was "Chaot" beziehungsweise "Chaotin".

Ich war selbst schuld, das stand fest, und konnte mich daher nicht beschweren. Bei wem auch? Nun löffle aus, was du dir eingerührt aus!

Auf der anderen Seite hatte ich mich in dem Willen bestärkt, dass ich - wenn ich schon zu dämlich war, mich aus der Beziehung zu befreien - dann wenigstens die Beziehung zu Maria so annehmen sollte, wie sie war. Das Positive genießen. Einfach egoistischer sein. Keine Kompromisse mehr, kein ewiges Nachgeben. Wenn ich Lust darauf habe, sie zu sehen - hinfahren! Wenn nicht - nicht hinfahren!

Ja, ich werde mich in Zukunft nicht mehr von ihr bestimmen lassen; nicht mehr jeden freien Tag in Muhr am See zubringen, um dort mit ihr zusammen zu sein. Ich werde in Zukunft - auch gegen ihren Widerstand - stärker mein Leben so leben, wie es mir vorschwebt. Das heißt vor allem - mehr Zeit zum Schreiben, zum Denken... mehr Zeit für mich allein. Irgendwann muss ich doch meine neue Philosophie über die Subjektivität der Zeit zu Papier bringen! Und meine Fotos ordnen - eine Ausstellung vorbereiten. Und - mehr reisen! Wenn Maria das dann nicht verkraften würde... auch gut! Vielleicht bricht sie dann die Beziehung ab. Ein Schritt, den ich bisher schon zweimal tun wollte, aber zweimal rückfällig wurde. Wie oft noch?

Manchmal könnte ich mich totlachen über mich. Was bin ich doch für eine Witzfigur! Nie hätte ich gedacht, dass ich so unfähig sein könnte, klare Gedanken zu fassen und Entscheidungen zu treffen. Die Verwirrung, der ich mich seit dem Tag ausgesetzt sehe, da ich Maria kennen lernte, ist überwältigend und lächerlich. Dabei habe ich mir doch immer eingebildet, ein kluger Kopf zu sein! Selbst an Einstein und Marx und andere Denkmä-

46

ler der Wissenschaft wage ich mich kritisch heran, aber die eigenen Gefühle...?

Zweimal hatte ich mir bisher in den drei Jahren, die ich mit Maria zusammen bin, herausgenommen, allein wegzufahren - jeweils zum Geburtstag. Zum 50. Geburtstag bin ich nach Wien gefahren, zum 51. nach Stuttgart. Nach Feiern war mir nicht gewesen. Ich hasse Geburtstage. Meilensteine auf dem Weg ins Grab!

Auch die Menschen, mit denen ich hätte feiern mögen, hätten nicht zur Verfügung gestanden. Seit ich mit Maria liiert bin, liegen die Beziehungen zu meinen beiden erwachsenen Kindern, doch sehr auf dem Eis, um es milde auszudrücken. Mit meinen Eltern - mein Vater geht auf 85 zu, meine Mutter auf 80 - wäre es zwar einigermaßen möglich, - die akzeptieren mein Tun, und würden es auch dann akzeptieren, wenn ich kleine Kinder fressen würde! - aber ich sehe keinerlei Sinn darin, eine Geburtstagfeier anzusetzen, an der niemand recht Spaß haben könnte - ich am allerwenigsten. Nur Maria zeigte kein Verständnis dafür, dass ich nicht feiern wollte. Erstens beklagt sie sowieso, dass ich sie nicht in meine Familie und meinen alten Freundeskreis eingeführt habe und zudem auch noch zugebe, dies in absehbarer Zukunft nicht unbedingt zu beabsichtigen. Es gibt weder in der Familie, noch im Freundeskreis jemanden, dem ich damit, Maria zu einer Zusammenkunft mitzubringen, hätte eine Freude bereiten können. Also, wozu? Und zweitens ging es ihr sehr gegen den Strich, mich allein irgendwohin reisen zu lassen. Futterneid!

Dass sie gar nicht das Geld hat, um die Reisen für sich zu finanzieren, zog sie nicht in Betracht. Ich würde schon bezahlen! Dass ihr darüber hinaus die Zeit für die termingerechte Fertigstellung ihrer Aufträge fehlen würde... - das schob sie beiseite. Sie will immer alles haben, was ich habe. Nur, dass ich mir meinen Lebensstil auch leisten kann, weil ich über zwanzig Jahre daran gearbeitet habe und meine Termine und Verpflichtungen mit hoher Disziplin tagtäglich erfülle! Nein, das sieht sie nicht. Mich beispielsweise faulenzen zu wissen, während sie arbeiten muss, ist für sie vermutlich seelischer Terror. Anderseits fällt es ihr nicht schwer, bis tief in den Vormittag hinein zu schlafen, während ich seit Morgendämmern am Computer sitze, um meine Kolumnen für die Zeitung, oder meine Monatsabrechnung, oder andere Dinge zu erledigen. Wenn ich ihr mangelnde Arbeitsdisziplin und chaotische Tagesplanung vorwerfe, was ich zugegebenermaßen schon mehrfach getan hatte, höre ich endlose Litaneien über das schwere Leben einer berufstätigen, allein erziehenden Mutter. Dabei geht Mirko nach der Schule in einen evangelischen Hort. Und der Haushalt sieht nicht so aus, als würde darin jemand viel Zeit verschwenden.

Ich denke manchmal, Maria hat im Leben immer das bekommen, was sie wollte - Geld und Männer -, ohne konsequent eigene Mühen investieren zu müssen. Ihren Bildungsweg von der Grundschule über Abitur bis zur Germanistin hatte sie über fünfzehn Jahre hingestreckt. Von einem Arbeitsverhältnis, welches länger als ein paar Monate angedauert hätte, habe ich nichts gehört. Ein halbes Jahr hat sie mal in den USA gelebt, zwei

Monate ist sie durch Neuseeland gereist, Frankreich kennt sie wie ihre Westentasche... Wobei sie natürlich sehr überzeugt ist, regelrecht geschuftet zu haben in ihrem Leben. Gut, immerhin hat sie das Erbe ihrer Mutter von gut 250tausend Mark in einen Schuldenberg verwandelt. Das Grundstück in Muhr am See samt Haus ist den Kredit nicht wert; ihr Konto steht - seit ich sie kenne - permanent dick im Minus. Durch die Biografieaufträge in den letzten Monaten hatte sich das Konto zwar erholt, drohte sogar in positive Bereiche zu geraten, was aber Maria durch ständige Käufe von dringend benötigter Hard- und Software, die dann oft unbenutzt herumlag - Ausnahmen bestätigen den Trend! -, zu verhindern wusste. Nun muss sie, um die Verträge zu erfüllen und weitere Rechnungen an die Auftraggeber legen zu können, im Urlaub arbeiten. Für mich wird das bedeuten, dass ich in der Zeit, wo sie arbeitet, auch werde arbeiten müssen. Dass ich zwischenzeitlich womöglich mal allein durch die Botanik spazieren könnte, ohne mich massiven Rechtfertigungsdruck auszusetzen, scheint unwahrscheinlich. Ihre Angst, irgendwie zu kurz zu kommen, sitzt bei ihr offensichtlich sehr tief. Wenn sie arbeitet, darf ich nicht faulenzen!

Als ich vor Wochen dem Urlaubsplan zustimmte, habe ich sie eindringlich gebeten, mir zu gestatten, wenn mir danach wäre, um mich von ihr und Mirko etwas zu erholen, mich mal auf ein oder zwei Stunden absondern zu dürfen. Sie brachte es nicht fertig, ihre Zustimmung zu erteilen. Sie schwieg. Meine Bittstellung wurde nicht beantwortet. Trotzdem - ich habe die Reise bezahlt, bin nach Muhr gekommen, habe mich mit dem Gedanken an Mirko abgefunden und war auch bereit, auf seine berechtigten Kinderwünsche einzugehen. Wenn er mir auf die Nerven geht, dann ist das normal. Dass er Kind ist, das kann man ihm nicht übel nehmen. Und schließlich ist er tatsächlich ein fixes und schlaues Kerlchen. Eigentlich sogar sehr sympathisch.

Es gelang mir dann - auch mit Unterstützung von Mirko - den Countdown in Muhr straff durchzuziehen. Mit nur 50 Minuten Verspätung erfolgte der Start.

Während der Fahrt häkelte Mirko unentwegt Luftmaschen. Meterweise. Gelbes, lila und braunes Garn. In der Schule war er in Handarbeit einer der besten Schüler. In den wichtigen Fächern leider nicht.. Er war zu zappelig, wahrscheinlich größtenteils unterfordert und langweilte sich. Um sich die Zeit im Unterricht zu vertreiben, malte er sich mit dem Füllhalter unentwegt Phantasiegestalten auf Hände, Arme und Oberschenkel. Zurzeit waren so genannte "Pokemons" in Mode. Maria hat ihn für den Urlaub lange in der Wanne weichen müssen.

Jedenfalls wirkten seine Fragen und Kommentare und überhaupt seine unbekümmerte Naivität auf mich regelrecht belebend. Ich amüsierte mich über ihn und es entstand eine entspannte Atmosphäre während der gesamten Fahrt. Über die Vorfälle der Nacht fiel zwischen mir und Maria kein Wort. Nicht die leiseste Anspielung. Wir waren wohl beide erschüttert, dass es wieder mal zu einer derartig heftigen Auseinandersetzung gekommen war.

Seit drei Monaten waren wir nun schon wegen solcher und anderer bösartiger Auseinandersetzungen bei einer Familienpsychologin in Therapie. Eigentlich gegen meinen Willen. Mir war ziemlich klar, dass unser Grundproblem nicht mit psychologischen Mitteln zu lösen ist. Wenn ich mich wirklich, so wie es Maria tat, voll und vorbehaltlos für die Beziehung entscheiden würde, gäbe es die Probleme gar nicht. Und dass ich mich nicht voll in die Beziehung einbringen will, hat tausend Ursachen. Eine ist vielleicht, dass ich nicht von Kerstin loskomme; eine andere aber, dass ich mit Maria, sprich mit ihrer Vergangenheit ebenso wenig wie mit ihrer Art zu handeln, zu denken, zu urteilen auch nur annähernd auf einer Ebene liege. Unser Konfliktpotential ist riesig. Das wohl auch deshalb, weil wir in unterschiedlichen Welten erzogen wurden - sie im Westen - ich vierzig Jahre lang im Osten. Zur Wende war ich gerade vierzig. Ich war immer so alt wie die DDR - Jahrgang 49.

Die Länder, die wir an diesem Tag durchquerten - Österreich, Schweiz, Liechtenstein, Italien, Monaco - waren für mich bis zur Wende ferner als der Mond gewesen - unerreichbar! Ich genieße seit der Wende sehr bewusst dieses Gefühl, nun dort sein zu dürfen, wo ich glaubte, niemals hinkommen zu können. Herrlich die Alpenregion, langweilig die Poebene um Mailand, faszinierend die Küste des Mittelmeeres von Genua bis Nizza - Tunnel folgte auf Brücke, Brücke auf Tunnel - und zwischendurch der Blick aufs Meer... Palmen, überhaupt alles sehr südländisch! Auch die Häuser.

Maria war schon überall gewesen, und in Südfrankreich sogar sehr häufig. Wenn ich mich staunend über die Dinge, die ich sah, freute, begann sie mit Erläuterungen. Und im Erläutern ist sie so unerbittlich, wie ein

Oberlehrer. Sie muss anderen von ihrer Schlauheit künden. Zwanghaft! Und seit sie irgendwann vor Jahren bei einem Intelligenztest extrem hohe Werte erzielen konnte, ist sie sich ihrer Mission sicher. Dass man Intelligenz aber auch verschwenden kann, um mangelndes Wissen zu übertünchen; um die Bretter immer dort zu bohren, wo sie am dünnsten sind; um sich selbst und anderen vorzuspiegeln, man sei gebildet... - lassen wir das. Den Unterschied zwischen Bildung und Intelligenz wollte sie nicht wahrhaben.

Bei einer Rast noch in Deutschland, kurz vor der österreichischen Grenze, hatte ich mir einen Zahn ausgebissen. Bei McDonalds. Im ersten Augenblick glaubte ich, den Zahn verschluckt zu haben, aber dann fand ich ihn - er klebte auf der Butter der Weißbrotscheibe, in die ich hinein gebissen hatte. Wobei ich der Ehrlichkeit die Ehre gebend allerdings einschränken muss, dass es kein echter Zahn gewesen ist, sondern einer, der mir schon öfters vom Gebiss abgeplatzt war. Eine Tube Uhu-Sekundenkleber habe ich deshalb immer dabei. Auf der Toilette nahm ich die Reparatur in Angriff. Die Stelle am Oberkiefergebiss, wo der Zahn fehlte, musste getrocknet, von den Leimresten der vorangegangenen Reparatur befreit und leicht aufgeraut werden. Ich hatte Erfahrung. Dann den Zahn kräftig andrücken... und flutsch... da war mir das Gebiss aus der Hand gerutscht. Dass es auf dem gefliesten Boden der Toilette nicht zersprang in tausend Stücke, ist ein Wunder. Ich angelte es unversehrt aus einer Ecke hinter dem Klobecken, die einer Brutstätte von Bakterien zu sein schien, hervor. Selbst der angeklebte Zahn war nicht abgefallen.

Noch mal Glück gehabt! Obwohl ich dann das Gebiss lange unter heißem Wasser abgespült hatte, kostete es mich erheblich Überwindung, es wider in meinen Mund einzusetzen. Nur mit größter Willensanstrengung verhinderte ich, dass mein Magen sich seines Inhaltes entledigte.

Die Feriensiedlung, in welcher wir einen Bungalow gemietet hatten, lag zwischen Antibes und Cannes in hügliger Landschaft. Grundstück grenzte an Grundstück. Nirgendwo unbebaute Wiesen, freies Feld, oder gar Wald. Die totale Zersiedlung! Die Berghänge hinauf genauso, wie bis an die Küste hinan. Aber trotzdem beeindruckend - diese Villen - teilweise großherrschaftlich bis zur Angeberei -, die Gärten, die Blumen...

Die Feriensiedlung war auf dem Grundstück eines alten Castellos, errichtet. Das Castello war hervorragend renoviert worden und in der ehemaligen Kapelle boten Tag und Nacht Spielautomaten ihre Dienste an.

Die Bungalows waren gegeneinander versetzt in Reihen zu je acht oder neun Stück am Hang errichtet. Jeder hatte eine Terrasse. Die Möblierung war einfach, praktisch, geschmackvoll - IKEA, aber grün angestrichen! Mirko bekam ein Zimmerchen mit Doppelstockbett. Weiterhin gab es ein Schlafzimmerchen mit französischem Bett, ein Aufenthaltsräumchen mit Esstisch, Sofa, Schrankwand und Kochnische. Alles tiptop. Ich war vom ersten Moment an sehr angetan. Nur - der Blitz hatte am Vortag in die zentrale Antennenanlage eingeschlagen und es war an diesem Abend kein Fernsehempfang möglich. Dabei spielte gerade an diesem Abend die Fußballnationalmannschaft von Deutschland ihr erstes Gruppenspiel bei der Europameisterschaft gegen Rumänien. Erst der ausgebissenen Zahn, dann der Blitz in der Antenne und schließlich schmiss ich beim improvisierten Abendessen noch ein Glas Wasser um, in welchem ich mir eine Aspirin-Tablette aufgelöst hatte. Der Esstisch im Bungalow war schlagartig überflutet. Die Pommes Fritten, die Mirko noch von der Einkehr bei McDonalds aufbewahrt und auf den Tisch zum Verzehr bereit gelegt hatte, sogen einen Teil der Flüssigkeit auf. Der überwiegende Rest wurde Opfer des Wischtuches. Doch Aspirinpommes kann ich nicht weiterempfehlen!

Nachdem Mirko im Bett verfrachtet war, las ich noch ein paar Seiten in einem Krimi, den mir Maria vor reichlich einem Jahr geschenkt hatte und lange verschollen gewesen war. Das Besondere an dem Krimi ist, dass er im Fränkischen Seenland spielt, genauer ins Ramsberg, einem beinahe Nachbarort von Muhr. Ein poetisches Highlight des ersten Kapitels war die Formulierung: "Er spürte an seinem Arm die Knospen ihre Brüste."

Maria schaffte es mühelos ihre Arbeitswut zu dämpfen, und arbeitete an diesem ersten Abend noch nicht an ihrer Übersetzung. Wir trafen uns dann im Bett. Zirka 28 Minuten später zollten wir erschlafft und entspannt unserer Müdigkeit den Tribut.

Es ist wirklich jedes Mal umwerfend mit Maria. Und jedes Mal, wenn mir das bewusst wird, steigt auch wieder diese Eifersucht bei mir auf. Eifersucht gegen die Männer, die Maria vor mir hatte.

Maria hatte einmal, als sie von ihrer Jugend erzählte, gesagt: Man hat sich eben in der Disko kennen gelernt und ist dann eben miteinander ins Bett gegangen.

Ich war der erste Mann, mit dem sie nicht gleich am ersten Abend geschlafen hat. Erst am zweiten.

Noch im vorigen Jahr hatte mich die Eifersucht fast verrückt gemacht. Immer wieder versuchte ich mir damals auszumalen, wie es Maria mit den anderen Männern, meinen Vorgängern... oder Vorreitern? ... getrieben hatte. Ich muss die Pest im Gehirn gehabt haben vor Eifersucht. Ist man eigentlich derart eifersüchtig, wenn man jemanden gar nicht richtig liebt?

Bin ich in Maria doch mehr verliebt, als mir bewusst ist? Unterbewusst?

Kapitel 3

Bei der Lektüre hat Kerstin Hauk einige Male herzhaft lachen müssen. Besonders die Sache mit dem Gebiss, das auf der Toilette heruntergefallen war, amüsiert sie nachhaltig. Sie ist heilfroh, noch ihre eigenen Zähne zu besitzen, auch wenn kaum einer ist, der bisher keine Bekanntschaft mit dem Bohrer gemacht hätte. Sie stellt sich vor, wie der Mann auf dem Boden vor dem Klobecken kniet und nach seinem Gebiss tastet... und dann das Ding zurück in den Mund - sehr appetitlich!
Nein, sie braucht noch kein Gebiss - toi, toi, toi!
Jahrelang hat Kerstin Hauk allerdings auch ein Problem mit ihrem Mund gehabt - nämlich schlechten Atem - vornehm ausgedrückt. Einmal hatte sie gehört, wie hinter ihrem Rücken einer ihrer Kollegen zu einem andern sagte: Die stinkt aus dem Maul, wie die Kuh aus dem Arsch!
Sie erinnert sich nicht gern. Was hatte sie nicht alles versucht - Kaugummi, tonnenweise Mundwässer, Zähneputzen alle Stunde... das ging jahrelang. Und sie vermutet, dass das wohl auch der Grund war, weshalb sie sich, ihr Ex und sie, wenn überhaupt, dann nur immer kurze Küsschen gegeben hatten. Auf die Wangen oder auf die geschlossenen Lippen. Selbst zu Silvester, wenn es zwölf schlug, und alle Paare sich eng umschlungen in den Armen lagen und intensiv knutschten, gaben sie sich lediglich ein Küsschen auf die Wange und wünschten sich ein weiteres gutes Jahr miteinander. Achim hatte nie etwas gesagt - bezüglich ihres Mundgeruchs.

Kerstin Hauk überlegt sich, ob sie wohl im umgekehrten Fall den Mut gehabt hätte, ihn auf seinen Mundgeruch anzusprechen. Sie zuckt die Schultern - vielleicht.

Sie nippt an ihrem Wermutglas und lauscht auf die Glocken der Kirche. Elf Schläge. Ach ja - als es dann dreizehn schlug, bei ihm, und er diese andere Frau wollte, war alles zu spät. Schicksal.

Kerstin Hauk wickelt sich nun doch in die Wolldecke. Das kalte Mondlicht wärmt eben nicht. So wenig nicht, wie der Gedanke, dass mittlerweile statistisch fast jede zweite Ehe in die Brüche geht.

Nein, sie waren beide nicht eben das gewesen, was man kommunikationsfreudig nennen kann. Jedenfalls nicht, wenn es um die zwischenmenschlichen Dinge ging - geheime Wünsche, Gefühle, Missbehagen... War es ihnen schon nicht möglich gewesen, über Mundgeruch zu reden, so schon gar nicht, über ihre Probleme, die sie miteinander im Bett hatten - mit dem Sex. Sie hatten sich niemals gegenseitig eingestanden, überhaupt Probleme zu haben. Oder nur sehr indirekt, dass der andere nichts damit anfangen konnte. Es war wie es war, und das hatten sie so hingenommen. Es gab wichtigere Dinge im Leben - die Kinder, die Arbeit, die Kameradschaft, die Familie, die Freunde... - jedenfalls versuchten sie sich das beide einzureden. Lange. Er noch länger als sie, denkt Kerstin. Sie hatte sich Ersatz gesucht. Der leichte Weg in die Fremde.

Der Mundgeruch war dann nach Jahren hartnäckigster Allgegenwart plötzlich wie weggeblasen, oder jedenfalls auf das Maß reduziert, welches sich mit einfachen Methoden der Mundhygiene beseitigen lässt - sie bekam unten links eine neue Brücke. Weiter nichts. Jahre des Martyriums für sie und andere, wegen einer unterhöhlten Brücke, in der sich permanent in Verwesung übergehende Speisereste befunden hatten, die eben nicht mit Zähneputzen beseitigt werden konnten.

Wenn Kerstin Hauk in Rückblick auf ihre Ehe das Fehlen von Zärtlichkeit und Nähe registriert, dann ist das sicher auch eine Folge dieses Dentaldefektes. Sie erinnert sich - so was vergisst man einfach nicht - wie ihr Mann einige Male ruckartig den Kopf abgewendet hat, als ihn ihr Atem traf. Wenn sie miteinander schliefen, gehörte Küssen nicht zum Vorspiel. Wobei sich der gesamte Vorgang der sexuellen Begegnung sowieso meistens recht kurz und bündig darstellte - ein paar Streicheleinheiten an Brust und Po, dann die Vereinigung und nach wenigen Augenblicken war die Sache erledigt. Meistens. Und natürlich Missionarsstellung. Ausnahmen haben die Regel nur bestätigt. Doch es hatte die Ausnahmen gegeben. Warum waren es Ausnahmen geblieben? Warum hatten sich dann in den letzten Jahren selbst diese Ausnahmen nicht mehr ergeben?

Manchmal räumt Kerstin Hauk diesbezüglich eine gewisse Schuld bei sich ein - aber meist nur kurz.

„Er ist ganz einfach zu dämlich gewesen, dich richtig anzumachen!" – urteilte einer ihrer Bekannten, mit dem sie hin und wieder ins Bett geht, als sie ihm von der früheren ehelichen Windstille erzählte. Aber sie weiß, dass das ganz so einfach nicht war. Doch sie lässt diese Erklärung nur allzu gern gelten. Es ist nun mal kein sonderlich schönes Gefühl, wenn man sich selbst gegenüber den Verdacht hegen muss, einen ziemlichen

Blödsinn veranstaltet zu haben. Kerstin seufzt und greift zum Wermutglas.

Mit dem Abstand der Jahre und den Erfahrungen, die sie in den letzten Jahren seit der Trennung von ihrem Mann gemacht hat, schüttelt Kerstin voller Verwunderung ihren Kopf - wie sie ihn schon oft geschüttelt hat in letzter Zeit. Wie konnte das nur passieren? Zwei intelligente, gebildete, durchaus moderne und offene Menschen... - und miteinander sprachlos!

Bei dem Paar in dem Tagebuch ist das scheinbar ganz anders. Obwohl der Mann laufend von irgendwelchen Problemen schreibt, die er mit der Frau hat, geht er mit ihr locker ins Bett. Obwohl sie von ihm nicht eben sehr nett behandelt wird, gibt sie sich willig hin und beide haben ihr Vergnügen. Erstaunlich. Wenn bei ihr früher der so genannte Haussegen nicht absolut gerade hing - schon die geringfügigste Schieflage genügte! – war im Bett totale Funkstille. Allerdings – sie wusste nicht, wie es in der Frau aussah. Der Schreiber beschrieb ja nur seine Zustände und Vorbehalte und Verstimmungen. Womöglich war die Frau ihm irgendwie hörig? Oder ahnte sie vielleicht gar nicht, welche Gedanken den Mann umtreiben? Und er wollte ja sein Vergnügen mit der Frau haben. Er hatte sich ja förmlich eine Strategie zurechtgelegt, wie er die Beziehung zukünftig für sich am angenehmsten gestalten will. Kerstin Hauk blättert noch mal zurück: "Das Positive genießen. Einfach egoistischer sein. Keine Kompromisse mehr, kein ewiges Nachgeben."

Dann stolpert sie noch mal über die Passage, wo der Mann die Frau als „Chaotin" bezeichnet - divergente

Persönlichkeit! Ihr fällt ihre eigene Küche ein. Da sieht es wieder mal aus, als hätte eine Granate eingeschlagen. Ob sie auch so eine divergente Persönlichkeit ist? Ihr Ordnungssinn schwankt ziemlich stark. Und wenn sich kein Besuch angesagt hat und auch kein Bekannter ansteht, der über Nacht bleibt... herrje! Sie persönlich stört Unordnung und Staub nicht so wahnsinnig. Wenn sich aber ein Bekannter oder gar eins der beiden Kinder im Anmarsch befindet... – die sollen natürlich keinen schlechten Eindruck von ihrer Mutter bekommen... da wird schon mal Staub gewischt und Aufgeräumt und... – da fällt ihr wieder der Abwasch ein. Sie schlägt wild entschlossen die Wolldecke beiseite, erhebt sich und schlürft in die Küche. Der Berg an dreckigem Geschirr stand sowieso noch auf ihrem Plan für heute – auch wenn kein Besuch zu erwarten ist. Und noch ist "heute" nicht ganz vorbei. Halb Zwölf!

Selten ist Kerstin Hauk der Abwasch so gut von der Hand gegangen wie jetzt eben. In Gedanken blieb sie bei dieser Maria aus dem Tagebuch mit den vielen Männern. Bei aller Distanz, die sie zu dieser ihr unbekannten Frau spürte, kam doch ein kleiner Neid auf.

Und dieser Mann, der Tagebuchschreiber... das hätte können glatt ihr Ex sein! Immer wieder hatte sie beim Lesen des Tagebuches das Gefühl gehabt, den Schreiber zu kennen. Und wenn er es war - Achim?

Kerstin schüttelt energisch den Kopf, um den Gedanken wegzuscheuchen. Anderseits fand sie es doch recht verführerisch, den Gedanken - ohne ihn besonders ernst nehmend - zu verfolgen, Vergleiche zu ziehen - zu sich, zu ihrer Beziehung zu ihrem Ex.

Sie wischt die Ränder der Spüle ab und gratuliert sich wieder mal, keine Geschirrspülmaschine zu besitzen. Zumindest das hebt sie aus der Masse hervor - keine Spülmaschine!

Dieser verdammte Technikwahn aber auch! Mixer, Kaffeemaschinen, Mikrowelle, Zentrifugen, Rührgeräte... Sie ist gegen diese Übertechnisierung im Haushalt. In ihrer Küche gibt es einen Kühlschrank mit Gefrierfach und einen Toaster – sonst nichts!

Ob sie wirklich gern soviel Männer gehabt hätte, wie diese Maria wahrscheinlich gehabt hat, wagt sie sich nicht endgültig zu beantworten. Fest steht, dass Männer, die viele Frauen haben, irgendwie bewundert werden. Die gelten als tolle Hechte oder als Casanova! Und da steckt keinerlei Abscheu dahinter. Das stimmt schon. Nur selten wird so ein Kerl als Hurenbock beschimpft. Ganz selten. Und dann wirklich nur, wenn er es mit Huren treibt. Aber wer als Mann nur so ganz normal eine nach der anderen flachlegt... - auch sie findet solche Männer nicht gänzlich uninteressant, gesteht sie sich ein. Irgendwie müssen solche Kerle ja was Besonderes haben, wenn es so vielen Frauen gefällt. Sie erinnert sich an einen Kollegen, Dr. jur. Frieder Bochmann – das war in ihrer Zeit als Assistentin an der Uni – der hatte nicht nur laufend ein Rudel Studentinnen, die er vernascht hat, nein, auch unter den Mitarbeiterinnen und Sekretärinnen und... auch bei ihr hatte nicht viel gefehlt. Und es war nur die Neugier gewesen, ansonsten hatte er ihr als Mann überhaupt nicht imponiert. So ein drahtiger Typ, blondes halblanges glattes Haar, auch nicht übermäßig intelligent... nur irgendwie schlau... und nett...

und es hatte wirklich nicht viel gefehlt, dass sie sich hätte von ihm ... bumsen lassen. Anders hätte man es ja auch kaum bezeichnen können, wenn es denn stattgefunden hätte. Sich lieben lassen? Oder sich beschlafen lassen? Blödsinn, das wäre nichts als Bumsen gewesen! Tja, und was hätte es dagegen eigentlich zu sagen gegeben? Muss denn immer die große Liebe dabei sein, wenn man sich mal ein Vergnügen machen will? ...machen lassen will?

Sicher, und Kerstin Hauk ist sich ganz sicher, dass sich das ganz große Erlebnis auf diesem Gebiet der Liebe nur im Zusammenklang von Sex und Gefühl einstellen kann, aber es war ihr in letzter Zeit durchaus gelungen, Spaß an Liebe in etwas kleineren Dimensionen zu haben; Erlebnisse, die zu nichts weiter verpflichten, die keine jahrzehntelange Beziehung nach sich ziehen; Erlebnisse eben, die man jederzeit erneuern oder die man schnell vergessen kann. Je nachdem.

Aber als junge Frau hatte sie so, wie wohl alle – wie sicher auch diese Maria! - von dem ganz großen Erlebnis geträumt. Die große Liebe! Bei ihr hatte dieser Traum keinen Platz gelassen für die kleineren Erlebnisse. Bloß Sex mit irgendwelchen Kerlen, die nicht für das ganz große Erlebnis in Frage kamen, hatte sie sich nicht gestattet.

Und wieder kommt in Kerstin Hauk der Neid auf. Diese Maria muss eine tolle Nummer sein! Und der Mann hat einen Schaden! Der hat sich da in etwas hineingesteigert... – Eifersucht auf die Vergangenheit der Frau!

Natürlich gibt bei diesen Gedanken ihr Sensor für die juristischen Aspekte ein Signal. Sie liest das Tagebuch schließlich mit dienstlicher Verantwortung. Und sie versucht, wieder ein kleines Zwischenfazit zu ziehen. Wer sich in so was hineinsteigert, sagt sie sich, der kann sich sicher auch in einen Hass hineinsteigern!

Ja, dieser Mann scheint diesbezüglich eine gewisse Gabe zu besitzen, wenn man das als Gabe bezeichnen kann, schränkt sie in Gedanken ein. Sie notiert: Extreme Neigung zu Selbstzerfleischung und Eifersucht. Wie viel Morde sind aus Eifersucht geschehen!

Kerstin Hauk ist wieder auf die Terrasse gegangen und wickelt sich fest in ihre Wolldecke ein. Obwohl es doch schon ziemlich kühl ist, will sie diese melancholische Stimmung, die lautlose Symphonie der Nacht, noch ein paar Minuten genießen. Alle Sterne sind schon da... - singt sie leise vor sich hin und lächelt, weil der Text natürlich "... alle Vögel sind schon da..." lauten müsste. Aber warum nicht "... alle Sterne sind schon da, Nordstern, Wagen, Kassiopeia..." Das ganz Helle, das ist der Morgenstern, der auch Abendstern genannt wird, und eigentlich – sie weiß es – der Planet Venus ist. Herrlich!

Zum Lesen hat sie sich die Stehlampe neben den Korbstuhl gestellt. Einige Nachtfalter umschwärmen die Glühbirne... - "wie die Motten das Licht. Und wenn sie verbrennen, ja das juckt mich nicht!" Sie summt die alte Schlagermelodie und nimmt es wieder mit dem Text nicht allzu genau. Künstlerische Freiheit! - "...und wenn sie verbrennen, ja dafür kann ich nichts!"

Sie liest weiter.

"Aus dem Tagebuch des toten Mannes:"

2. Urlaubstag

Mit Mirko hatten wir ausgehandelt, dass er uns bis 8 Uhr schlafen lässt. Seit 5 Uhr beschäftigte er sich auch brav allein in seinem Zimmerchen. Er schlug irgendwelche Schlachten, kämpfte irgendwelche Kämpfe und vertrieb irgendwelche Angreifer - einschließlich der entsprechenden Geräusche: "Iiiong peng - krrrätsch - brmm - blllllllllom- jengjengjeng...!"
Schlag acht Uhr stand er auf der Matte im Schlafzimmer - "bimbimbim" aufstehen!
Noch wussten wir nicht, wo sich der Strand befand. Kurzes Bad vor dem Frühstück - eines meiner Urlaubsrituale, welches ich, soweit möglich, seit Jahren pflegte, musste ich mir also versagen. Das Schwimmbassin, welches in der Feriensiedlung vorhanden war, öffnete sinnigerweise erst 10 Uhr. Ersatzweise nahm ich eine kalte Dusche. Zum Frühstück gab es ein paar Reste, die vom Proviant für die Fahrt übrig geblieben waren. Wir mussten erst noch einkaufen. Bei der Ankunft am Vortag hatten wir im Ort bereits einen Supermarkt entdeckt.
Weil dann im Supermarkt unser französisches Geld nicht reichte, mussten wir den Einkauf abbrechen und einen Bankautomaten suchen. Der war zwar schnell gefunden, aber für Mirko dauerte die gesamte Aktion schon viel zu lange. Der zweite Teil des Einkaufs im Supermarkt war von unentwegtem Genöle begleitet - "Wann seit ihr denn endlich feeeertig?!"

So hatte ich mir Urlaub schon immer gewünscht - mit einem nölenden Kind und einer Frau, die mich unentwegt belehrt und fragt, was ich will. Dabei muss dann sowieso alles so laufen, wie es ihr genehm ist. Sie versteht es unheimlich geschickt, bewusst oder unbewusst, mich so zu dirigieren, dass ich nach ihrer Pfeife tanze. Jedenfalls habe ich unentwegt dieses Gefühl - und mich längst mit diesem Schicksal abgefunden. Ich mucke nur noch selten auf. Die Vorstellung, für Mirko in den nächsten Tagen den Aufpasser und Alleinunterhalter spielen zu dürfen, während Maria an der Biografie der alten Dame arbeitet, begeisterte mich zusätzlich. Selbst nicht arbeiten können, gegenüber einem fremden Kind so tun, als würde ich Kinder mögen, gegenüber Maria so tun, als wäre ich froh und glücklich... – oh, ich arme Sau!

Als dann endlich gegen 14 Uhr die Einkaufsbeute im Bungalow verstaut war, begann Maria mit ihrer Arbeit. Und plötzlich erschien mir die Perspektive, mit Mirko allein an den Strand zu gehen - den Strand sozusagen zu erkunden - reizvoller, als erwartet. Endlich Ruhe vor Maria. Länger als zwei Stunden am Stück kann ich sie oft kaum noch ertragen.

Ob ich sie überhaupt noch liebe...? Ich liebe dich – das habe ich noch nie über meine Lippen gelassen. Hab ich sie überhaupt geliebt? Liebe ich sie? Wie definiert man Liebe?

Ich hatte ja eine Beziehung über einige Jahre hingebracht - so recht und schlecht. Unvorstellbar, dass die Beziehung mit Maria auch nur auf ein Viertel dieser Zeit kommen könnte. Aber habe ich die dreiundzwanzig Jahre mit Kerstin damals nach dem ersten Jahr für möglich gehalten? Nein, ich habe damals gar nicht darüber nachgedacht. Es hat sich so dahingelebt.

Fest steht aber, dass man wohl eine gewisse Grundübereinstimmung mit dem Partner finden muss - einen gemeinsamen Rhythmus. Es muss sich irgendwie einspielen, sonst wird es einfach zu anstrengend. Und mit Therapie lassen sich vielleicht bestimmt Verhaltensmuster durchbrechen, auf- oder abbauen, aber niemals das, was man "den anderen riechen können" nennt. Maria geht mir oft regelrecht gegen den Geruchssinn! Und gegen den Strich!

Ich schnappte mir also den Mirko, die Badesachen und den Willen, mir einen schönen Nachmittag zu machen. Maria fand wohl keine Gegenargumente und nickte das Vorhaben ab.

Beinahe fröhlich marschierte ich unter mittäglicher Sonne auf glühendem Asphalt, eingekeilt von grellen Bruchsteinmauern, ständig um Leib und Seele bangend, wenn die Franzosen in ihren selten schrammenfreien Autos die enge, sich den Berg hinabschlängelnde Straße mit überhöhter Geschwindigkeit und scheinbar ohne Gegenverkehr für möglich zu halten, an uns vorbeijagten. Mirko war weniger fröhlich, hielt aber erstaunlich tapfer durch. Am Strand beschäftigte er sich mit dem Bau mehrerer Sandburgen und ließ mich in Ruhe. Herrlich - ich genoss das Panorama von Strand, Meer, Promenade, Berge, blauem Himmel... - Cote de Azur! Wer hätte das gedacht, dass ich mal hier sitzen würde, als Ossi, einfach so und bei bester Gesundheit, wenn man

67

mal von den Hüftschmerzen absieht. Halbglatze, Bauch und Gebiss sind ja keine Krankheiten!

Zur Aufheiterung meiner Seele lagen auch einige gebräunte Badenixen herum. Mehrheitlich oben ohne. Nachdem ich mich eine Stunde der prallen Sonne ausgesetzt hatte, hielt ich es für angeraten, Schatten zu suchen. Ich fand ihn am Tresen eines Strandbistros. Ein Bierchen kühlte mich ab, ein Kaffee machte mich munter. Mirko bekam von mir ein Eis. Irgendwie begann ich ihn mehr und mehr ins Herz zu schließen. Seine herzerfrischende Offenheit, seine sprühende Phantasie, seine arglose Freundlichkeit... Mir wurde wieder mal bewusst, dass er wirklich ein nettes Kerlchen ist!

Der Weg zurück war noch unangenehmer - Hitze, Autos, Mauern, Asphalt... jetzt aber alles steil bergan! Irgendwie waren wir beide - Mirko und ich - trotzdem mit unserer Mission zufrieden. Wir hatten den Strand gefunden und waren uns näher gekommen.

Das Abendbrot sollte ordnungsgemäß im Zentrum des Ortes stattfinden - eine Art Antrittsbesuch wie es sich gehört. Vallauris liegt einige Kilometer vom Strand entfernt. Berühmt soll der Ort geworden sein, weil Picasso 1946 in einer der Keramikwerkstätten des Ortes gearbeitet hatte. Wir gingen davon aus, dass es außer Keramikwerkstätten auch ein Restaurant geben müsse, ja eigentlich glaubten wir, dass die Altstadt von Restaurants nur so wimmeln müsste. Wir fanden mit Mühe und Not eines, aber dort gab es nur sonntags was zu essen. Es war Dienstag und solange wollten wir in dieser Umgebung nicht warten. Die Altstadt machte keinen anheimelnden Eindruck. Sie war wirklich alt, das

Gegenteil von edel saniert! - und war von Leuten bevölkert, die man nicht zu oberen Zehntausend zählen kann. Wir hielten unsere Taschen fest, prüften aller zehn Schritte das Vorhandensein der Geldbörsen und fuhren hinunter zum Ort Golfe Ruan. Dort gab es entlang der Uferstraße genügend Auswahl an Pizzerias. Es war auch ein französisches Restaurant dabei, aber Mirko wollte Nudeln. Mir war es recht. Maria unterwarf sich mit beinahe unmerklichem Protest der Mehrheit. Welche Überwindung sie das gekostet hat, ließ ihre verkniffener Mund nur ahnen.

Den Rest des Abends, nachdem Mirko im Bett lag, verbrachten wir mit Arbeit und gingen dann zusammen in die Badewanne. Anschließend ins Bett. Irgendwann schliefen wir ermattet ein. Und wenn an unserer Beziehung für mich eines wirklich hinreißend ist - kann sein, dass ich das bereits erwähnt habe -, dann ist es der Sex mit Maria. Und - da bin ich mir ziemlich sicher - dieser Sex war es auch, der mich vorwärts getrieben hat, die alte Beziehung Stück um Stück zu demontieren; der mich bisher nach jedem Fluchtversuch wieder zurückgeführt hat zu Maria. Dieses gemeinsame Vergnügen aneinander hatte ich mit Kerstin nie erlebt. Ende des zweiten Tages.

Kapitel 4

Dass der Mann schon wieder in seinen Aufzeichnungen hervorhob, wie gut es ihm mit seiner Maria im Bett gefällt, ärgert Kerstin Hauk ein bisschen. Erstens fragt sie sich, was denn da so toll sein könne; toller, als wenn sie anstelle dieser Maria wäre? Und zweitens – es bringt sie auf gewisse Gedanken - so Richtung Vergnügen und so. Wo es doch an diesem Wochenende mit Vergnügen nicht viel werden kann. Es wird sie kein Bekannter besuchen kommen. Das heißt, momentan hat sie nur einen Bekannten. Acht Jahre jünger als sie. Bauingenieur. Er ist an diesem Wochenende dienstlich unterwegs, irgendwo in Vorpommern.

Auch gut! – tröstet sie sich – können sich die Nachbarn mal entspannt zurücklehnen. Observation lohnt nicht!

Die meisten Nachbarn in der Eigentumswohnanlage sind ältere Paare, die entweder im Vorruhestand oder richtig in Rente sind, und demzufolge viel Zeit haben, sich um die stets gut angezogene Frau Staatsanwältin, die einen Audi A4 fährt, zu wundern. Ihre Männerbesuche werden gnadenlos registriert, glaubt Kerstin Hauk und könnte darauf ihre Hand verwetten. Ins Gesicht sind ihr aber die meisten Nachbarn trotzdem freundlich. Nur das eine Paar aus dem Nachbarhaus grüßt betont nicht, wenn sie sich begegnen. Pfeif drauf! - Kerstin Hauk ist das gleichgültig. Sie hat genug Selbstbewusstsein aufgebaut – in ihrem Beruf und im Leben – um sich dadurch nicht aus der Ruhe bringen zu lassen. Verkalkte Sippschaft!

Sie greift nach dem Glas, aber der Wermut muss verdunstet sein. Was sonst? Gegen ein zweites Gläschen... oder wäre es schon Nummer drei? ... so oder so - angesichts der Kühle der Nacht gibt es nichts gegen eine innere Aufwärmung einzuwenden, entscheidet sie. Doch vor den Genuss hat sie selbst die Mühe gestellt. Die Flasche steht im Kühlschrank. Sie muss sich erheben aus dem gemütlichen Nest, welches sie sich mit der Kamelhaardecke in ihrem Korbstuhl eingerichtet hat. Die Decke hält herrlich warm. Vielleicht kann sie noch ein halbes Stündchen auf dem Balkon bleiben. Die Nacht ist sternenklar. Die Wärme des Tages entweicht ins All.

Sie legt den Kopf in den Nacken und sucht den Orion. Ihr Lieblingssternbild. Fast eine Art Maskottchen. Von Jugend an. Immer wenn sie nachts unter freiem Himmel war, ob nach dem Schülerball oder auf dem Heimweg vom Kino, immer hatte sie den Orion gesucht und sich - wenn sie ihn gefunden hatte - beschützt und behütet gefühlt. Glücksbringer! Obwohl der Orion auch zu sehen gewesen war, in jener Nacht in dem Bungalow am Altschweriner See, als ihr Mann, der jetzt ihr Ex war, anhob:" Du, Kerstin, ich glaube, wir haben ein Problem miteinander... im Bett..."

Das Sternbild des Orion hatte kein bisschen gewackelt nach dieser Offerte von Achim, aber in ihrem Inneren war schlagartig alles ins Schwanken geraten. Als wüsste sie, was nun alles folgen würde, hatte sie eine Art Panik und gleichzeitig eine eisige Ruhe erfasst. Natürlich wusste sie auch, hatte es selbst oft genug registriert, dass von Sexualleben in ihrer Beziehung keine Rede mehr sein konnte. Ich bin nur noch sein Samenklo, hatte sie manchmal gedacht, wenn er nach Wochen wieder mal über sie gekommen war. Meistens geschah das dann sonntags früh.

Orion hilf! - hätte sie rufen mögen, aber ihr war in dem Moment, als er diesen Satz - wir haben ein Problem - gesprochen hatte, klar, dass niemand mehr helfen können würde. Sie sich selbst auch nicht. Und vielleicht - Kerstin Hauk vermutet, wenn sie jetzt an diese Situation denkt - wusste sie sogar, dass Hilfe nicht nötig war; dass es schlicht an der Zeit war. Es musste kommen - das Ende. Es hatte sich lange genug vorbereitet. Vierundzwanzig Jahre – das ist viel Zeit gewesen.

Die Kamelhaardecke um die Hüften geschlungen trippelt Kerstin Hauk nun endlich in Richtung Kühlschrank, um für Wermut-Nachschub zu sorgen. An der Schwelle zur Terrasse stolpert sie, kann sich aber noch am Türrahmen abfangen. Das Glas geht zu Bruch. Sie stöhnt über ihr Ungeschick. Wenn alle Leute so ungeschickt wären, wie du, du dummes Huhn, geißelt sie sich, dann müsste man alle Getränke nur noch aus der Flasche trinken! Es war das dritte Glas, welches ihr in den letzten Tagen kaputt gegangen war. Und diesen Spruch - Scherben bringen Glück! - kann sie nicht akzeptieren. Aberglaube! Wenn der stimmen würde, müsste sie jede Woche im Lotto gewinnen.

Sie fegt die Scherben mit dem Handfeger zusammen, sucht ein neues Glas und holt die Wermutflasche aus dem Kühlschrank. Beim Überschreiten der Terrassenschwelle tastet sie sich mit den Zehen langsam über die Kante hinweg, bevor sie ihr Körpergewicht nach vorne verlagert. Geschafft. Ohne Bruchlandung. Kerstin Hauk grient in sich hinein - man muss eben nur verstehen, sich kleine Erfolgserlebnisse zu verschaffen!

Sie nistet sich wieder mit der Kamelhaardecke im Korbstuhl ein, schenkt sich das Glas halbvoll und schlürft genüsslich. Aus den Fenstern der Nachbarn kommt kein Lichtschimmer mehr. Alles schläft, einsam wacht...

Ob ihr aktueller Bekannter auch von ihr so schwärmen würde, wie gut sie im Bett sei, wenn er Tagebuch schriebe? Oder wenn er seinen Kumpels von ihr erzählt? Direkt beschweren wird er sich nicht können, denkt sie lächelnd. Wenn sie Achim verwöhnt hätte, wie sie es jetzt mit Männern tut, wenn sie damals so offen und aktiv gewesen wäre... Sie kommt sich manchmal vor wie Schneewittchen – aus dem Tiefschlaf erweckt, weil mal richtig gerüttelt worden ist!

Und der Rüttler war ihr Achim gewesen. Kurz bevor er sich abgesetzt hat. Zweifelsohne. Die vierzehn Tage nach jener Nacht im Bungalow am Altschweriner See waren zu Flitterwochen geworden. Eine Ehe mit Flitterwochen beginnen, das kann jeder, hatte sie schon oft gegenüber anderen geäußert, aber mit Flitterwochen beenden...!

Dass sie über diesen Aspekt lächeln kann, und sogar ein bisschen stolz ist, so etwas Außergewöhnliches erlebt zu haben, beweist ihr wieder, wie gut sie mit der Trennung mittlerweile umgehen kann. An die ersten Monate darf sie aber nicht denken. Eine Depressionswelle nach der anderen! Grausam.

Wie es ihrem Ex nach der Trennung gegangen ist, weiß sie nicht. Fetter ist er geworden, hatte sie kürzlich registriert, als sie ihm zufällig in der Stadt begegnet war.

„Hallo, wie geht's?" – „Und dir?" – „Achja!" – Naja, wir sehn uns ja demnächst beim Geburtstag von Henry." – „Ja, okay, mach's gut."

Ob er nun wirklich im viel gelobten siebten Himmel schwebt mit seiner neuen Tusnelda, wie er gehofft haben mag, als er die Trennung durchgesetzt hat... – wer weiß? Einerseits ist es ihr mittlerweile gleichgültig, anderseits würde sie es ihm nicht aus vollem Herzen gönnen. Strafe muss sein! Die müsste sich als Hexe, als Vampir müsste die sich entpuppen! Oder vielleicht als karrieresüchtige Emanze?

Den Mann, dessen Aufzeichnungen sie jetzt liest, stellt sie sich übrigens ähnlich vor, wie ihren Ex.

„Halbglatze, Bauch und Gebiss" seien keine Krankheiten, hatte er auf sich bezogen, geschrieben. Nein, eine Schönheit an Mann ist ihr im Falle ihres Ex auch nicht gerade verlustig gegangen. Sie grient in sich hinein. Aber um der Gerechtigkeit die Ehre zu geben, erinnert sie sich selbst mit Nachdruck daran, wie fett sie selber in der Zeit vor der Trennung gewesen war. Siebzehn Kilo hat sie heute weniger. Glatt drei Konfektionsgrößen! Und ihre Garderobe hat sie nach Besuch einer Typberaterin neu ausgerichtet. Auch die Frisur. Ihr Ex war sichtlich beeindruckt von ihrem Outfit. Ihre Mutter meinte:„Mein Gott, willst du Schlagersängerin werden - oder Nutte?"

Ihre Mutter fand besonders die rötlich gefärbten Haare grässlich. Überhaupt, der gesamte Lebenswandel! Und eine Frau von Mitte Vierzig trägt doch keine Jeans, oder bedruckte Pullis, und diese Unterwäsche...!

Mit diesem Spießerehepaar aus dem Nachbarhaus würde sich ihre Mutter sicher sehr gut verstehen. Aber was kann man von einer Frau, wie ihre Mutter eine ist, erwarten, die die Achtzig bereits überschritten hat und von diesen achtzig Jahren vierzig Jahre mit einem Pascha von Mann und die letzten zwanzig mit der Kirche verheiratet war? Kerstin Hauk muss sich oft zur Ordnung rufen, wenn sie an ihre Mutter denkt. Sie ist eine alte Frau, du wirst sie nicht mehr ändern! Sie ist ja auch bloß ein Kind ihrer Welt; eben jener dörflichen Welt, in der es allemal wichtiger war, was die Nachbarn im Dorf denken könnten, als was man selber dachte. Dass sie sich nie von ihrer Mutter verstanden gefühlt hat, ist sicherlich auch kein Einzelschicksal. Der Konflikt zwischen der Generation, die das Dritte Reich überlebt hatte, und der ersten Nachkriegsgeneration, dürfte einer der schärfsten gewesen sein, den es je gegeben hat. Vom Nazismus in den Sozialismus! Das konnte eigentlich nicht gut gehen, sagt sie sich wieder einmal. Und doch empfindet Kerstin Hauk immer noch den Untergang dieser DDR als Verlust. Als persönlichen Verlust. Auch ihr ist was verloren gegangen – eine Hoffnung, dass alles irgendwann mal besser werden wird. Das hat nichts mit ihrer Trennung zu tun. Oder nur ein bisschen.

"Aus dem Tagebuch des toten Mannes:"

3. Urlaubstag

Mirko, der Wecker, funktionierte wieder einwandfrei und pünktlich. Ich bereitete das Frühstück auf der Terrasse. Den restlichen Vormittag wollte ich arbeiten. Ein Urlaub, ohne an meinen Texten arbeiten zu können, war für mich kein Urlaub. Wobei ich in früheren Urlauben, bei denen meine beiden eigenen Kindern dabei waren, das Arbeiten mehr auf die Abendstunden, wenn die Kinder schliefen, gelegt hatte,. Und an vielen vielen vielen solcher Urlaubs-Arbeits-Abenden, hatte ich inbrünstig gehofft, dass wir - ich und meine Frau - dann im Bett nicht gleich würden schlafen, aber an vielen vielen vielen vielen solcher Abende fanden wir nicht den Weg zueinander. Kerstin sehnte sich sicherlich auch. Wir waren uns bei aller Freundschaft oft so was von fern gewesen... es war grausam!

Mit Maria war das von Anfang an anders. Sie verstand es selbst nach größten Streits in kürzester Zeit Nähe herzustellen. Das heißt, sie konnte dann im Handumdrehen wieder auf Nähe umschalten. Bei mir geht das nicht so schnell. Eben hätte ich sie am liebsten erwürgt, und - hopplahopp - soll ich sie umarmen?

Nein - ich habe wohl schon erwähnt, dass ich Stunden brauche, um mich wieder in Fassung zu bringen, wenn es richtig gekracht hat im Karton.

Doch letztlich - abgesehen von solchen Streitsituationen - Maria versteht es immer wieder, mich zu knacken. Sie kommt wie eine Katze, schnurrt bisschen, geht mir bisschen um den Bart, schmust... - ich könnte das nicht. Und Kerstin hat es auch nicht gekonnt.

Bezüglich des Arbeitsvormittags hatte ich die Rechnung ohne Mirko gemacht. Der wusste mit sich allein nichts anzufangen. Alle fünf Minuten erinnerte er nachdrücklich an sein Vorhandensein. An konzentrierte Arbeit war nicht zu denken. Maria war geduldig, aber völlig chancenlos, ihn irgendwie ruhig zu stellen. Mich ergriff Mitleid mit ihm, und auch mit mir, und außerdem sollte Maria Ruhe haben. Sie musste unbedingt die Biografie bis zum Urlaubende schaffen. Wenn der Verlag als Auftraggeber abspringen würde, wäre das eine kleine Katastrophe. "Dann los, Mirko!" stieß ich hervor - "Gehn wir eben an den Strand!"

Das fand Maria aber gar nicht gut. Ich sollte doch bitte nicht in ihre Erziehung hineinpfuschen! Mirko habe sich gefälligst alleine zu beschäftigen.

"Aber, das ist doch zuviel verlangt, das kann..." - wagte ich zu entgegnen und wurde mit - "Der muss das lernen!" - abserviert. Das hatte ich von meinem Opferwillen. Aber weshalb sollte ausgerechnet ich derjenige sein, der ertragen muss, wie Mirko lernt, sich - ohne zu lärmen - die Zeit zu vertreiben. Keiner kann wissen, wie viele Jahre dieser Lernprozess andauernd würde. Jedenfalls hatte ich keinerlei Hoffnung, dass sich in den nächsten Stunden diesbezüglich ein Wunder ereignen könnte. Deshalb verkündete ich: "Gut, dann fahre ich eben alleine an den Strand. Das hier kann ich nicht aushalten!"

Nun fiel Maria über den Mirko her - siehst du, wenn du so nervig bist, dann will der Achim alleine zum Strand,

und ich muss arbeiten, und kann nicht an den Strand...
ich muss immer alles ausbaden... !

In den Bungalows der Feriensiedlung erhoben sich die Menschen von ihren Sitzmöbeln, um zu schauen, wer da so laut und schrill sein mag.

Schließlich kam es auf wundersame Weise zu folgende Idylle: Ich und Maria saßen auf der Terrasse am Tisch vor unseren Computern, Mirko setzte sich die Schirmmütze auf und zog wortlos mit seinen Schwimmutensilien zum Schwimmbassin, das zur Feriensiedlung gehörte, davon. Ruhe und Frieden zog ein. Wir konnten über zwei Stunden ungestört arbeiten. Ich an dem Tagebuch, Maria an der Biografie der alten Dame. Unglaublich! Und ich hatte leider keinen Grund mehr, eine Flucht an den Strand begründen zu können.

Der Nachmittag war dann für Cannes vorbehalten. Erst Strand, dann die Stadt. Der Zufall bescherte uns einen Parkplatz. Ich wollte nun vom Strand aus, der sich neben der Autostraße entlang bis zur Stadt zieht, zur Stadt laufen. Maria die sonst nicht häufig genug betonen kann, dass sie Bewegungsmangel hat, machte Einwände geltend - zu weit, ob das Auto überhaupt da stehen darf, wo es steht... schließlich liefen wir doch los und mussten nach der ersten Straßenbiegung am "Palm Beach Casino" erkennen, dass es bis zum Zentrum der Stadt doch weiter war, als auch mir lieb war. Das entkräftete zwar nicht meine Argumente, die ich für "Auto stehen lassen und Laufen" ins Feld geführt hatte, aber Maria hatte ihren Triumph: "Ich hab's doch gesagt!"

Kurze Zeit später rügte sie mich, weil ich immer vornweg laufen würde. Sie sei keine Türkin!

Ich kniff die Lippen zusammen, schob mein Kinn vor und wollte mir die Freude an Cannes nicht vermiesen lassen. Ja, ich bestätigte mir nochmals, ja - du bist in Cannes! Direkt dort, wo sich die großen Leinwandstars aus Hollywood, Babelsberg und Paris alljährlich ein Stelldichein geben. Im Hafen und draußen auf Reede lagen die Luxusyachten der Reichen - Stars, Adel, Pornoproduzenten, Kriminelle... die Hotels und Paläste protzten mit Stuck und Marmor, die Geschäfte im "Centre ville" mit den teuersten Marken der Textil- und Juwelierbranchen. Glanz, Prunk, Palmen... Die Hundescheiße auf den Fußwegen war allerdings von der üblichen Konsistenz. Und ein paar Querstraßen weiter war alles wieder vorbei. Die Welt der ganz Reichen ist nur ganz klein. Aber sie wird benötigt, damit Lieschen Müller und Otto Normalverbraucher ihre Träume vom Reichsein auch in den nächsten Jahrhunderten ungebrochen träumen können. Was wäre diese Welt ohne Hoffnung, vom Tellerwäscher zum Millionär aufsteigen zu können? Die würden am Ende die Teller einfach fallen lassen.

In einer Creperie aßen wir Abendbrot. Am Nachbartisch saß eine junge Französin, blond und schätzungsweise im elften Monat schwanger, was vom Umfang ihres Bauches her zu schlussfolgern war. Sie trug ein provozierend enges, schwarzes und kurzes Kleid, mit einem schlitzartigen Ausschnitt der fast bis zum - im Wortsinne - hervorragenden Bauchnabel reichte. Maria rümpfte ihre Nase. Wenn das ein Umstandskleid sei...! Ich machte eine kleine Anspielung auf ihren eigenen Bauch – vergleichsweise bestenfalls vierter Monat! Das wären die Folgen der sitzenden Tätigkeit, erklärte Maria mit Nachdruck. Die Wirkung der Tonnen von Schokolade, die sie beim Sitzen am Computer vertilgt, sei vernachlässigbar.

In gedämpfter, aber durchaus harmonischer Stimmung verlief der Rest des Abends im Bungalow. Zwischen Kapitel neun und zehn legte Maria eine Pause beim Schreiben der Biografie ein, die wir intensiv nutzten. Ich duschte und wusch sie, trocknete sie ab, dann kroch sie vor mir her so aufs Bett, dass mir schier schwindlig wurde.

Ende des dritten Tages.

Kapitel 5

Zu blöd, dass die Frau des Tagebuchschreibers, also dessen Exfrau, auch Kerstin heißt!

Kerstin Hauk fühlt sich jedes Mal, wenn dieser Name im Tagebuch auftaucht, unangenehm berührt. Beinahe fühlt sie sich angesprochen. Das muss so ähnlich sein wie bei dem berühmten Pawlowschen Hund - dem lief auch der Speichel zusammen, wenn er nur das Tonsignal hörte, ohne dass Futter bereitstand. Gut, ihr fließt nicht der Speichel, wenn sie ihrem Namen begegnet, aber sie fühlt sich weitaus mehr angesprochen, als wenn ein anderer Name genannt würde. Aber dazu dienen letztlich Namen, sagt sie sich - damit man sich angesprochen fühlt.

Schriftsteller, schlussfolgert sie weiter, sollten vielleicht - um eine möglichst hohe Identifizierung des Lesers mit der Geschichte zu erreichen - ihre Bücher so schreiben, dass die jeweilige Hauptfigur der Geschichte den Namen des Lesers trägt. Im Zeitalter der elektronische Medien... interaktive Bücher auf Disketten... vor Beginn der Lektüre muss man den eigenen Namen eingeben... also, wenn der Leser ein Mann ist, dann für die männliche Figur. Analog eine Leserin ihren Namen für die weibliche Hauptfigur... und wenn es keine geschlechtsspezifisch passende Figur gibt... ?

Kerstin Hauk unterbricht ihre Gedankenkette. Unsinn! Oder doch kein Unsinn? Womöglich sollte sie sich diese Idee patentieren lassen?

Sie zwingt sich, darüber nicht weiter nachzudenken, sondern darüber, ob weitere Hinweise auf den eben gelesenen Tagebuchseiten hinsichtlich irgendwelcher Ansatzpunkte für die vorsätzliche Herbeiführung des Unfalls am San Bernhardino Pass zu entdecken gewesen waren. Sie überfliegt noch mal rückwärts die Seiten... nein, höchstens die Formulierung -... eben hätte ich sie noch erwürgen können..."!

Ihr scheint, dass der Tagebuchschreiber gern zu drastischen Formulierungen greift, um gewisse Befindlichkeiten überdeutlich hervorzuheben. Sicher hätte es eine weniger gewalttätige Formulierung - zum Beispiel: Eben hätte ich ihr noch in den Hintern beißen können... - auch getan. Aus der Verwendung des Wortes "erwürgen" auf eine latente Gewaltbereitschaft des Mannes zu schließen, widerstrebt ihr. Kaffeesatzleserei!

Nein, genauso wenn der Schreiber bekennt, dass ihm dieser Mirko stark auf die Nerven geht... - hat er nicht was von "grün Fressen wollen" gesagt?

Kerstin Hauk sucht die Formulierung, aber findet sie nicht. Schließlich fällt ihr ein, dass das mit dem "grün Fressen wollen" eine gängige Formulierung ihres Ex gewesen ist, wenn er sich über die Kinder geärgert hatte. Ich könnte die grün fressen!

Naja, Kinder im Alter dieses Mirko sind nun mal Nervensägen. Und da kann der Schreiber von Glück reden, dass er nicht zwei von der Sorte hat!

Oder hatte der nicht doch auch zwei? In seiner verflossenen Ehe? An einer Stelle - weiter vorn - hatte er da nicht von seinen beiden Kindern geschrieben?

Aber sie sucht nicht noch einmal, ob sie eine betreffende Stelle im Tagebuch findet. Ob ein oder zwei oder drei Kinder... - egal, in jeder Konstellation ist es schwierig. Ein Kind hat immer Langeweile, zwei streiten sich immer, bei drei fühlt sich eins immer benachteiligt, ab vier verliert man langsam die Übersicht über die Konfliktursachen. Das Gelüst, sie grün fressen zu wollen, ist keine Frage der Anzahl der Kinder.

Kerstin Hauk schüttelt es plötzlich. Die Nachtkälte ist ihr unter die Kamelhaardecke... bis ins Gedärm! denkt sie... gekrochen. Wahrscheinlich ist Wermut doch kein richtiger Ersatz für eine Heizsonne... oder einen Mann. So schnell es mit der um die Hüften gewickelte Decke geht, räumt sie den kleinen Tisch auf der Terrasse ab. Den Aktenordner, den Wermut, Kugelschreiber, Pralinen. Dann schaltet sie die Leuchte aus, schenkt den Sternen - speziell dem Orion - einen Handkuss zum Abschied und verschwindet im Bad. Eine heiße Dusche - das muss jetzt reichen. Ein Mann zum Aufwärmen dürfte um diese Zeit nur schwer aufzutreiben sein, wenn man nicht gänzlich unter sein Niveau rutschen will. Es müsste so was wie einen Boydienst geben. Lieferung frei Haus! Wie mit Pizzas. Kerstin Hauk grient sich im Spiegel an - ganz schön verworfen, Frau Staatsanwalt!

Die heiße Dusche weckt in ihr noch mal die Lebensgeister. Sie setzt sich im Bett ganz nach hinten, so dass sie sich gut anlehnen und lesen kann. Schnell noch den 4. Tag!

"Aus dem Tagebuch des toten Mannes:"

4. Urlaubstag

Während Maria wieder mit der Biografie der alten Dame kämpfte, verbrachten Mirko und ich den Vormittag am Schwimmbassin der Ferienanlage. Jeder für sich - er langweilte sich, ich las in einem Buch von Stephen Hawkins "Eine kurze Geschichte der Zeit". Es dreht sich in dem Buch um Relativität, schwarze Löcher, weiße Zwerge, um den Urknall...

Seit gut vier Jahren denke ich über das Problem "Zeit" nach, habe auch bereits einige Seiten aufgeschrieben und nun wächst das Gefühl, mit dieser Lektüre von Hawkins, in welcher die rein mathematisch-physikalischen Aspekte dargelegt sind, mich so langsam dem philosophischen Knackpunkt des Problems der Zeit zu nähern. Wahrscheinlich werde ich zu Emanuel Kant zurückgehen und dann - von seinen Vorstellungen über Zeit und Raum ausgehend - eine neue zeitgemäße Definition zu liefern versuchen. Das muss irgendwann noch werden, bevor ich den Löffel abgebe. Das könnte eine Revolution auslösen in der Wissenschaft - in der Astronomie, in der Physik, in der Philosophie... es gibt keine objektive Zeit!

Aber das stand jetzt nicht auf dem Plan für den Urlaub am Mittelmeer. Jetzt gestatte ich mir eine kleine Auszeit. Auf dem Plan steht nur das Tagebuch über die Reise, was natürlich mehr als nur ein Bericht sein soll. Er soll schon irgendwie literarisch sein. Vermarktungsfähig, wenn möglich.

Natürlich ist mir selber schon aufgefallen, dass sich das Tagebuch zu einer Bestandsaufnahme der Beziehung zwischen Maria und mir entwickelt. Und - vielleicht gelingt es mir ja, mit dem Aufschreiben einen Teil meiner Probleme zu bewältigen. Therapeutisches Schreiben ist schließlich eine anerkannte Methode zur Selbstfindung! Zur Bewältigung von allen möglichen psychischen Wehwehchen.

Die Rolle, die der kleine Mirko in der Beziehung — und während des Urlaubes - unfreiwillig spielt, darf ich wahrscheinlich nicht unterschätzen. Und zweifelsohne wird mich mancher nicht verstehen; oder mich sogar dafür verurteilen, dass ich den Mirko nicht annehme, nicht vorbehaltlos in mein Herz schließe, sondern in einer gutwilligen Distanz verharre. Ähnlich wie bei Maria. Doch was den Mirko betrifft - man muss da bitte bedenken, dass ich über zwanzig Jahre lang eigene Kinder hatte; dass mein Leben viele Jahre lang ganz auf Kinder und Familie eingestellt war. Erst wenn damals familiär alles in der Reihe war - vom Einkauf, über Abwasch bis Hausordnung -, erst dann habe ich mich an den Schreibtisch zurückgezogen und "Meins" gemacht. Ich war froh, als meine Kinder endlich groß waren; ich habe mein Leben nicht ändern wollen, um nun alles zu wiederholen. Und dieser Urlaub hatte schon wieder verdammt verdächtige Ähnlichkeit mit früheren Urlauben: Ich mache Frühstück, ich räume weg, ich wasche auf, ich halte im Bungalow gegen zwei Chaoten, die alles stehen und liegen lassen, die allgemeine Ordnung aufrecht. Den Unterschied machen die Abende! Mit Maria! Und - früher wurde die finanzielle Last des Urlaubs, wie überhaupt des Zusammenlebens von mir und Kerstin gemeinsam und zu gleichen Teilen getragen. Heute, in der aktuellen Beziehung mit Maria, trage ich die Hauptlast. Wenn ich mir nun vorstelle, ich lasse mich ganz auf die Beziehung ein, würde zu ihr nach Muhr ziehen, wo alles - von Dach über Scheune bis Heizung - nach Handwerkern schreit... dazu das Grundstück, welches so groß ist, dass man mit Grasmähen niemals fertig werden kann... und Mirko...

Mich holen Erinnerungen an einen Urlaub mit Kerstin in Aken ein. Damals hatte ich keinen Bericht geschrieben - kein Tagebuch, es war mehr eine Bestandsaufnahme in der Form eines Monologes. Ich hatte gehofft, es könnte ein Kurzhörspiel werden. Der Titel lautet: „Frei von der Leber weg"

Auf einer der Sicherungs-CDs müsste ich den Text auch dabeihaben.

Ja, in Aken an der Elbe war das! Eine erbärmliche Landschaft voller Mücken. Die Elbe in jenen Jahren eine Kloake. Deshalb hieß der Ort womöglich Aken - Ake, Aken, Kloaken!

Wir wohnten in einem Bungalow nahe einer alten Kiesgrube, die als Badesee hergerichtet worden war. Schwache Bilder, die ich noch habe. Ich muss den Text bei Gelegenheit suchen. Wie hatte ich damals über das Verhältnis zu Kerstin gedacht und geschrieben? Unglücklich war ich nicht. Aber war ich glücklich?

Ich weiß nur mit Sicherheit, dass wir kaum miteinander geschlafen, bzw. eben nur miteinander und nebeneinander geschlafen hatten. Und dass ich darunter gelitten hatte, wenn man das Wort „leiden" dafür gelten lassen will.

Jetzt mit Maria ist das ganz anders. Ein Tag ohne Sex ist kein Tag für sie. Ich darf sie jederzeit und überall anfassen. Und sie fasst mich auch an. Überall!

An dieser Stelle der Tagebuchaufzeichnung hatten die Schweizer Beamten den folgenden Vermerk eingefügt:

"Der vom Schreiber oben erwähnte Text 'Frei von der Leber weg' wurde auf einer der CDs gefunden. Ein Ausdruck wird an dieser Stelle eingefügt."

Kerstin Hauk ist wieder baff. Die Schweizer Kollegen hatten es wirklich sehr genau genommen. Obwohl Sie eigentlich gerade einigermaßen vom Tagebuch gefesselt worden war... - "...ich darf sie jederzeit und überall anfassen. Und sie fasst mich auch an. Überall! - folgte sie der Dramaturgie der Schweizer Kollegen und lass den eingefügten Text, den der Schreiber in einem Urlaub in Aken geschrieben hatte:

Frei von der Leber weg

Uff. Er lässt sich geräuschvoll in einen Sessel fallen.
Ach ja... grüß dich, alter Junge! Hast schon auf mich gewartet, was? Du musst entschuldigen, aber der Aufwasch musste weg. Nein, nein - bleib hier, du störst nicht. Du doch nicht. Frauchen kommt sowieso kaum vor Mitternacht... bin froh, wenn ich nicht so allein rumhocken muss ... naja, vielleicht bin ich einfach bisschen gestresst... wir haben heute nämlich den neuen Automaten eingerichtet. In der Formerei. Meister hier, Meister da... ich bin gerannt, wie ein Hase. Und du weißt ja, wie Hasen laufen können! Und dann die Kin-

der... eh ich die heute im Bett hatte... Frauchen war nur kurz da, um sich umzuziehen. Sie möchte nicht wieder - wie beim letzten Bauheben - zu spät kommen!

Naja, zum Wohl erstmal!

So ein Schluck Alk tut gut. Nimmt den Druck aus der Rübe. Verstehst du nicht. Druck in der Rübe... ehrlich seit Tagen ist es mir unheimlich komisch im Kopf. Keine Kopfschmerzen - nein, wenn`s bloß Kopfschmerzen wären... Eher so eine Art Hirnwindungsverknotung oder so. Ehrlich - dauernd geht mir meine Frau im Kopf rum. Ja, Frauchen. Dein liebes gutes Frauchen. Natürlich geht sie mir nur bildlich im Kopf rum - bildlich, du Spaßvogel!

Weißt du, wo ich geh und steh, grüble ich über Kerstin nach. Aber am schlimmsten ist es, wenn ich nachts nicht schlafen kann und ewig wach liege.

Bauheben hat sie heute. Das ist eine Art Richtfest. Ringelpietz mit Anfassen und so. Wer weiß. Bin noch nicht mit dabei gewesen. Naja... eigentlich irre - in letzter Zeit... immerzu muss ich an die eigne Frau denken. Sieben Jahre verheiratet. Und wenn's wenigstens so bestimmte Gedanken wären... hast du eigentlich noch so was? Vielleicht sollte ich mich auch kastrieren lassen... wobei - es sind ja gar keine solchen Gedanken. Von solchen Gedanken wird einem kaum dämlich im Kopf. Höchstens eng in der Hose.

Aber die Sorte Gedanken, die ich so denken muss...

Nein, ist im Prinzip keine ganz schlechte Ehe, die wir führen, mal landläufig gesagt. Wir verstehen uns auch sonst ganz gut... aber irgendwie ist alles lahm geworden.

Du denkst, normal! Klar, normal - das sag ich mir auch. Nach sieben Jahren...

Und trotzdem - am Ende steht dann die Frage... aber das darfst du niemanden weitersagen! - ...am Ende frag ich mich, warum geht Kerstin nicht fremd?

Ja, stell dir vor - das frag ich mich! Oft. Immer öfter in letzter Zeit.

Warum geht Frauchen nicht fremd?

Blöde Frage, klar. Sag ich mir auch jedes Mal. Aber die Gedanken drehen sich und drehen sich und schon gibt's wieder diese Knoten. Blähungen!

Wenn man so rumschaut... im Betrieb... in der Nachbarschaft... Scheidungen über Scheidungen! Und der geht mit der, die mit dem, überall... auch im Film, im Fernsehen, Kollegen, die Verkäuferin im Zeitungsladen, in Büchern... mit so einem dämlichen Buch fing es übrigens an, also bei mir... mit dieser dämlichen Denkerei. Zum Wohl mein Bester - ich trinke für dich mit!

Du denkst jetzt... nein, nein - das ist zu einfach mein Bester! So einfach ist die Antwort nicht - von wegen, sie geht nicht fremd, weil sie treu ist!

Das hab ich mir leichtfertigerweise auch mal geantwortet. Da ging's aber los! Ein Schlamassel im Kopf - bis früh! Was ist Treue? Warum, weswegen und so...

Eingeschlafen bin ich erst, als es schon hell wurde. Bloß in meinem Kopf war's noch finsterer als vorher. Ich glaube, das muss eine Art Krankheit sein. Es sind ja nicht nur die Gedanken...

Also, wenn Kerstin mal so Anspielungen macht oder mir zärtlich kommt... verstehst du? Mich animiert...

Du, dann kann ich nicht.

Ehrlich. Als wäre ich schon kastriert.

Das heißt, ich lass mich, seit ich so rumdenken muss, auch gar nicht erst auf irgendwas ein. In mir sträubt sich da was. Ich weiß nicht, wie ich das nennen soll... Ich tu meistens gleich so, als wenn ich unheimlich müde wäre... oder dass mich der Film im Fernsehen ganz wahnsinnig fesselt... oder... - stell dir vor, einmal hab ich ihr vorgelogen, ich wäre in der Kleinteilgießerei von der Ofenbühne gestürzt und hätte mir meine Weichteile verprellt. Naja, woher soll Kerstin wissen, dass in der Formerei gar keine Ofenbühne ist. Jedenfalls wollte sie gleich kalte Umschläge machen. Ja, kalte Umschläge.

Du kannst ruhig lachen, wenn dir so ist. Mir war eigentlich nicht zum Lachen. Ich hab in meiner Not gesagt, der Betriebsarzt hätte vor kalten Umschlägen und ähnlichen Hausmitteln regelrecht gewarnt. Ich kam mir vielleicht dämlich vor! Das kannst du mir glauben. Und alles wegen dieser dämlichen Gedanken, dieser sinnlosen Rumdenkerei. Aber ich kann mich nicht wehren...

Na, zum Beispiel denk ich immer dran, wie sie dauernd von ihrem Reiner, oder ihrem Achim, oder... na, das sind alles ihre Kollegen... Investitionsvorbereitung des Wohnungsbaukombinates "Wilhelm Pieck"! Träger des Ordens Banner der Arbeit in Gold. Das Kombinat. Ja, da staunst du!

Ja, die ganze Investvorbereitung - alles Männer! Mittendrin - Kerstin. Das Huhn im Korbe! Prost!

Mann, Mann - da braucht es schon starke Nerven. Also, wenn sie nach Hause kommt... das müsstest du doch eigentlich bestätigen können?... ich kann jedenfalls drauf warten... keine drei Minuten ist sie da, und es kommt so ein Satz, so eine Bemerkung - Reiner hat aber gesagt... oder Achim ist der Meinung... oder - verstehst du? Wenn wir schon mal miteinander reden - die Reiners, Achims, Eckis und wie sie alle heißen, sind immer dabei. Und was diese Klappsköppe alles machen und können und unternehmen und... ja, Frauchen immer mittendrin.

Mit denen ist sie täglich acht Stunden zusammen. Bei Dienstreisen noch mehr. Mit mir dagegen höchstens zwei, drei, wenn's hoch kommt mal fünf Stunden... wenn ich nicht gerade Spätschicht hab... vergiss es!

Und selbst wenn es wirklich mal fünf Stunden sind... Hausarbeit, Kinder bemachen, Einkaufen, Fernsehen, Ebbe...

Freilich - Wochenenden gibt's auch. Da sind die Omas, die Opas, die Datsche, das Auto, und wieder die Kinder... und einmal im Jahr Urlaub... Wie sagt man? Eine Amsel macht noch keinen Frühling.

Nein, es ist einfach Fakt - Kerstin lebt mehr mit ihren Kollegen. Objektiv. So ist das Leben - Sellerie!

Prost! Das ist Nordhäuser Urkorn. Nichts für dich. Aber feines Zeug!

Und wenn Kerstin erst von diesem Ecki erzählt, kriege ich richtig die Krämpfe. So 'ne Art sozialistischer Casanova. X-facher Aktivist, Hans Dampf in allen Engpässen und immer so was von kompetent... und Bergsteiger. Bergsteiger... und der besteigt nicht nur Berge. Wenn Kerstin so erzählt, mit wem der wieder was eingefädelt hat im Betrieb... sie tut entrüstet... aber es ist die pure Bewunderung! Oder vielleicht sogar Neid, ja, der blanke Neid, nicht selbst die Auserwählte zu sein.

Schön, vielleicht spinne ich - aber das springt mir förmlich aus ihren Worten entgegen - Neid! Ernsthaft... ich habe schon überlegt, ob das womöglich so 'ne Art Urinstinkt bei den Frauen ist, so aus grauer Vorzeit. Da war's doch so, dass nur um den stärksten der Horde, oder Herde herumscharwenzelt wurde. So was wie ich... als Ehemann - okay! Aber sonst...

Denk doch nur an die Zeiten auf dem Tanzsaal... Jugendtanz und so. Wem sind die Mädchen in Scharen zugelaufen? Genau - schwarz gelockt, frech, bisschen brutal konnte auch nichts schaden, und ob der doof war oder nicht... das war doch egal! Oder?

Gut, später... wenn die ersten Strohfeuer verlodert sind... wenn es auf längere Frist geht... Ehe... gut, dann wird geistige Übereinstimmung wichtiger. Wenn man sich nicht versteht, kann's zum Horror werden.

Übereinstimmung... ja, und das macht es dann eben fett, das Kraut - was mein Problem ist. Kerstin stimmt eben mit den Eckis auch geistig viel mehr überein. Das hör ich doch raus! Aber Achim hat gesagt... wenn es nach Reiner gehen würde...

Naja, klar - die teilen nicht nur die Zeit miteinander - gleiche Probleme, gleiche Erfolge, gleiche Freuden, gleiche Niederlagen, Misserfolge... das muss ja...

Und wenn du bedenkst, was sie mit mir teilt... zum Brüllen! - die Wohnung, die Kinder, den Staubsauger, das Ehebett, die Brotmaschine... aber die geht nicht fremd! Warum?

Oder merk ich's nur nicht?

Nein, sie geht nicht. Das weiß ich einfach. Nur wegen der Kinder?

Hat sie Angst, es könnte rauskommen... und Scheidung und so... hm?

Scheidungen baden ja immer die Kinder aus. Richtig gebellt - auch die Hunde!

Aber, dass sie bloß wegen der Kinder nicht... ich will damit nicht sagen, dass Frauchen eine schlechte Mutter ist - im Gegenteil! Allerdings... und das ist keine 14 Tage her... da ruft sie mich gegen Mittag im Betrieb an - ich solle doch bitte die Kinder vom Kindergarten abholen, sie hätte eine kleine betriebliche Feierlichkeit. Einer der Eckis oder Achims oder so hatte Geburtstag. Sie würden ein Stündchen dranhängen. Okay, sag ich, aber komm nicht später, weil... mittwochs geh ich doch immer zum Kegeln. Es war an einem Mittwoch. Sie sagt, nein, nur ein Stündchen.

Also, ich hol die Kinder ab, mach dann das Abendbrot, Waschen... da klingelt das Telefon: Du entschuldige bitte, wir sind im "Roten Hirsch" hängen geblieben. Bringst du die Kinder noch ins Bett? Ja? Ich komm dann in einer halben Stunde. Kannst ruhig zu deinen Kegeln gehen. Okay, sag ich, treib dann die Kinder nach dem Sandmännchen in die Betten und ziehe ab zum Kegeln. Helga wird ja in einer halben Stunde zuhause sein. Eine halbe Stunde kann man die Kinder, wenn sie schlafen, schon mal alleine lassen.

Gekegelt wird bei uns immer so bis gegen zehn, halb elf. Immerhin kegeln wir in der Kreisklasse. Eine Kugel, ein Bier - das ist bei uns nicht! Jedenfalls - ich komme so gegen halb elf nach Hause - Tür ist verschlossen, kein Licht.

Helga schließt sich manchmal ein - aus Angst vor Einbrechern. Ich denke also, dass sie sich auch schon ins Bett gelegt hat. Ich geh zum Kinderzimmer, um noch mal nach den Kindern zu schauen... und... ich denk mich tritt ein Pferd... die Bettchen der Kinder sind leer! Ich renne hinüber ins Schlafzimmer, um Kerstin zu fragen... aber im Ehebett liegt nicht Kerstin, sondern da liegen die Kinder. Gott sei Dank, denk ich erstmal. Sie hätten sich so gefürchtet, erklären sie mir schlaftrunken... Aber dann frag ich mich natürlich, wo Frauchen abgeblieben ist.

Dämmert's?!

Genau! Es wäre so lustig gewesen, hat sie sich hinterher entschuldigt. Ich fand's auch mordslustig, kann ich dir sagen. Aber das Schönste weißt du ja noch gar nicht - die kam nicht alleine! Nein, ich meine jetzt nicht den Affen, den sie sich andudelt hatte... pfeif auf den Affen! Nein, so gegen elf war's mittlerweile... ein Lärm im Treppenhaus... Lachen... Gegröle... Getrampel... und dann wird's leise - genau vor unserer Wohnungstür. Ich reiß die Türe auf... und wer steht draußen? Jawohl, Frauchen! Meine angesäuselte Kerstin zwischen den schwankenden Eckis. Konkret waren es, glaub ich, Ecki und Achim. Nun sag mir, was du gemacht hättest? Hm? Hättest du sie in die Wade gebissen? Oder angepinkelt? Ich hab gute Miene zum bösen Spiel gemacht. Hallo - na, so eine Überraschung! Wollt ihr noch ein Bierchen? Setzt euch doch... und eigentlich hätte ich sie grün fressen können. Prost!

Und Witze hat dann dieser Ecki abgelassen... Witze... von der übelsten Sorte. Solche trau ich mir nicht beim

Kegeln zu erzählen. Und da... da sind wir unter uns Männern. Aber meine Kerstin sitzt zwischen den Eckis und amüsiert sich wie Bolle. So richtig säuische Witze! Als wären das Kochrezepte...

Junge, Junge - da kann einem doch der Kaffee...

Nein, wer sagt denn, dass ich ein Kind von Traurigkeit bin? Nie gewesen! Dass ich sogar mitgelacht habe... - was hätte ich machen sollen? Die warn bester Laune...

Am nächsten Tag hat mir Kerstin alles haarklein erzählt... wie es so lustig war... und was sie alles bequatscht haben...

und so... und ob ich böse bin... böse...

Ja, erzählen tut sie eigentlich immer. Alles...? Viel, auf jeden Fall. Von der Arbeit, von ihren Aufgaben, und was die anderen machen, und wer wieder im Urlaub war... und dauernd kommen da eben diese Eckis vor, und Achims, und... zum Kotzen, sag ich dir! Zum Kotzen...

Eifersucht? Na, gut - nenn es Eifersucht. Wegen mir. Das Schlimme ist aber, dass ich mich machtlos fühle. Ja, machtlos. Ich hab doch keine Chance gegen die Eckis. Ich kann nicht konkurrieren mit denen. Wann denn? Wie denn?

Ich weiß gar nicht, wann ich mal mit Kerstin über irgendwas gelacht habe. Mit den Kindern... gut, da gibt's ab und an Spaß. Was die alles raushauen...! Aber wenn nur sie und ich... allein, zu zweit...

Sie hat ihren Spaß mit den Eckis, ich in unserer Bude. Was man jedenfalls so Spaß nennt. In der Frühstückspause - da wird geblödelt, übers Fernsehen... über Fußball... aber sonst macht jeder seins. Du weißt ja, wie's in einer Formerei zugeht - Dreck, Lärm, Hektik, Hitze...

Bei ihr im Wohnungsbaukombinat... - ein völlig anderes Klima. Büro tiptop. Weiße Kittel, Kaffeekränzchen, keine Normzeiten... - blanker Kommunismus. Und die sind kein Kollektiv mehr - die sind eine Kommune! Prost!

Und was würdest du wohl sagen, wenn dir deine liebe Frau... ja, stell dir vor, du wärst auch verheiratet, und deine Frau erzählt dir so abends nebenher beim Fernsehen - es wäre so ein schöner Tag gewesen, die Dienstfahrt mit dem PKW, sie, zwei Kollegen und der Fahrer... und eine Hitze in dem Auto! Da hätten sie unterwegs gebadet. FKK! Ja. Nein, nicht mal so - husch rein ins Wasser und husch wieder rein in die Klamotten - nein, richtig mit rumsitzen und Sonnenbad und so. In dem FKK-Bad an der Autobahn... kurz vor Leipzig... Kerstin hat sich am Hintern sogar einen leichten Sonnenbrand geholt. Der hatte bis dahin noch keine Sonne abgekriegt. Stell dir die Situation vor... und Ecki schmiert ihr womöglich den Rücken mit Sonnenöl ein... Was fehlt denn da noch?

Aber... - die geht nicht fremd! Warum nicht?

Manchmal habe ich schon so gedacht, beim Rumdenken, ich müsste sie direkt anstacheln, mal fremdzugehen. Damit sie sich womöglich nicht was verkneift... und am Ende launisch wird, oder trübsinnig oder so. Damit sie nicht was auslässt, was ihr Spaß machen würde... Selbstverwirklichung...

Ich hab sie ja schon mal gefragt... so hintenrum... was sie von Frauen hält, die fremdgehen, hab ich gefragt. Und warum die das wohl tun... Nein, so was käme für sie nicht in Frage. Sie wäre ja schon ganz anders erzogen. Gutbürgerlich, oder so ähnlich. Streng jedenfalls.

Aber denkst du, das hat mich beruhigt? Im Gegenteil! Wenn nämlich - also, wenn sie sich lediglich nicht überwinden kann... verstehst du? Wenn sie eben bloß so erzogen ist, dann heißt das ja... - und da beißt die Maus keinen Faden ab! - da heißt das, sie verkneift sich was, was sie eigentlich will. Verklemmung!

Oder, warum macht sie sich jeden Tag so schick? Doch, um den Eckis zu gefallen. Oder?

Abends zuhause dann der übliche Schlamperlook... bequem und alles andere als sexy, oder so... vergiss es!

Gut, alle Frauen machen sich irgendwie schick... trotzdem. Ich müsste Kerstin zwingen... dazu zwingen, das zu tun, was sie eigentlich will. Ich müsste sie zwingen fremdzugehen. Denk ich manchmal. Nach sieben Jahren Ehe. Bin ich bekloppt?

Und dann... wenn sie sich zwingen lassen würde...

Ich... nein, ich geh nicht fremd. Ich wüsste gar nicht, mit wem. Bei uns in der Bude... fast alles Männer. Beim Kegeln auch. Höchstens Irma... die Kellnerin. Aber an die ist für mich kein Rankommen. Die steht auf mehr auf solche... solche Eckis! Der bin ich zu brav.

Na, schön - gesetzt den Fall... es würde sich eine Gelegenheit ergeben...? Schwer zu sagen... - echt schwer.

Wenn es mit Kerstin läuft, wäre ich, glaub ich, ziemlich unanfechtbar. Aber es läuft nicht. Nicht richtig. Wenn jetzt die Gelegenheit...

Es ist nicht der Haussegen, der schief hängt - quatsch - Haussegen! Ich versteh überhaupt nicht, was eigentlich läuft. Ja, was ist denn das - unsere Ehe? Ehe überhaupt! Das läppert so dahin... wenn die Kinder nicht wären... Und ich wüsste aber auch nicht, wie man sich anders e nrichten sollte... heutzutage...

Früher, klar, früher war alles glasklar - der Mann war der Ernährer, die Frau war Mutter und Wirtschafterin. Und wenn der Mann abends nach Hause kam... nein - nicht, dass ich Kerstin den Job missgönne... den Erfolg im Beruf...

ich gönn ihr ja auch den Spaß mit den Eckis! Nur als Hausputtchen, mit einem Horizont bis zur Herdkante, dafür wäre sie echt zu schade. Aber warum ist die mir treu? Sie lebt doch vielmehr mit den Eckis... mir treu...

Liebe... - und was ist das nun wieder? Was glaubst du, was ich darüber schon nachgegrübelt hab - Liebe? Wenn ich meinen dämlichen Schädel doch mal abschalten könnte. Jedenfalls bei dem Thema. Da hilft nur Alkohol. Ein bisschen immerhin... nein, ich fang nicht an zu saufen. Bloß mal so... örtliche Betäubung sozusagen. Frost - auf Frauchen! Jetzt muss sie ja auch bald kommen. Aber wenn die wieder ihre Eckis mit angeschleppt bringt... du, ich sage dir...

102

Kapitel 6

Als Kerstin Hauk das Ende dieses Textes erreicht hat, fühlt sie sich müde und zugleich aufgestachelt. Diese "Eckis"!

Sie muss an ihre "Eckis" denken - an die Kollegen im Amt. Die engsten Mitstreiter. Mit denen man schon fast ein Stück verheiratet ist.

Die "Eckis"... ihre "Eckis" früher... ihre Affäre mit einem "Ecki"...

Kerstin wird dann doch vom Schlaf überwältigt. Sie hat eigentlich nur mal kurz die Augen schließen wollen, um das Bild der Stadt Aken vor dem geistigen Auge entstehen zu lassen; der Stadt, in welcher der verunfallte Mann diesen Monolog-Text geschrieben hatte, und in welcher sie auch mal gewesen war - ewig her! Aken!

Naja, die DDR war nicht groß. Die Urlaubsziele waren begrenzt. Aken...

Aber das geistige Auge hat sich geweigert, Bilder zu fabrizieren, und stattdessen die Situation schamlos ausgenutzt, um den Erinnerungen durch Schlaf ein vorläufiges Ende zu bereiten. Der Aktenordner rutscht ihr von den Knien, ihr Kopf zur Seite und erst nach einer Viertelstunde, als ihr der Hals zu schmerzen beginnt, bringt sie sich in eine günstigere Schlafstellung und löscht das Licht. Der Aktenordner liegt aufgeschlagen neben das Bett auf dem Bettvorleger.

Einer ihrer letzten Gedanken ist der, dass gottseisgedankt nicht alle Akten, die sie dienstlich zu bewältigen hat, zu derartigen Romanen ausufern, wie der aktuelle.

Kerstin Hauk schläft durch bis der Wecker klingelt - 7 Uhr! Sie braucht eine Weile, bevor sie begreift, dass Sonnabend ist und der Wecker eigentlich gar nicht klingeln müsste. Sie hat vergessen, ihn abzustellen. So was Dämliches! Wenn man schon mal ausschlafen kann...!

Der Wecker wird ungnädig zum Schweigen gebracht. Mistluder!

Kerstin Hauk versinkt noch mal im Kopfkissen und in einen Traum, der in Aken spielt. Ja, es muss Aken gewesen sein, bestätigt sie sich, als sie gegen neun Uhr zum zweiten Mal munter wird. Da war die Elbe, mit der Fähre... und der Badeteich, wo Töchterchen Sybille das Schwimmen gelernt hatte...

Komisch, dass der Tagebuchschreiber auch in Aken Urlaub gemacht hatte - mit Familie: Ein Junge, ein Mädchen, Mann und Frau! Genau so wie sie damals. Eigenartig!

Unsinn - eigenartig! Gar nicht eigenartig! Das war eine Familie wie... wie Tausende, ja wie Millionen von Familien! Schließlich war Familie mit zwei Kindern der statistisch häufigste Fall von Familie in der ehemaligen DDR. Und jetzt auch noch, ergänzt sie sich.

Aber ausgerechnet Aken!?

Andererseits - warum nicht Aken? So groß war die DDR wie sie sich bereits gesagt hatte, nicht gewesen. Wer keinen Urlaubsplatz an der Ostsee bekommen hatte, der fuhr eben nach Thüringen oder ins Elbsandsteingebirge oder nach Aken... oder... oder...

Ein dicker Hund wäre es, malt sie sich aus, wenn sie dieser Familie des verunfallten Mannes damals in Aken begegnet wären!

Doch die Familien in den beiden Nachbarbungalows waren - soweit sie sich erinnern kann - entweder mit vier Kindern oder ohne gewesen.

Außerdem ist das nicht ihr Problem - ob sie nun dieser Familie des verunfallten Mannes in Aken begegnet war oder nicht! - ihr Problem lautet, ob ein Ermittlungsverfahren wegen des Verdachtes eines Tötungsdeliktes eröffnet werden soll. Ihre Antwort ist: Nein!

Vorläufig.

Der eingeschobene Pseudomonolog, wo der Mann sich mit seinem Hund unterhält und dabei beinahe wünscht, seine Frau möge fremdgehen, hat bezüglich dieser juristischen Frage auch keine neuen Aspekte gebracht. Den hätte sie sich schenken können!

Doch Kerstin Hauk gesteht sich ein, dass die Fragen, die dieser Monolog aufwirft, in ihr nachhallen. Warum geht die nicht fremd?!

Auch in ihrer Ehe hatte das nicht sehr viel anders ausgesehen - da war die Arbeit, dann tagtäglich die Kollegen - die "Eckis", dann die Kinder, dann die Omas und Opas... und dann irgendwo ganz am Ende war Zeit für Zweisamkeit. Gesamtstatistisch vernachlässigbar!

Und wenn diese Frau, die in dem Text Helga heißt, so gewesen ist wie sie, Staatsanwältin Kerstin Hauk, dann hatte sie ihrem Mann diesen Wunsch, sie möge fremdgehen, - förmlich in vorauseilendem Gehorsam! - bereits erfüllt. Wäre dieser Mann mit ihr, Kerstin Hauk, verheiratet gewesen, dann wäre sein Wunsch längst Realität gewesen.

Aber er hätte es nicht gewusst.

Kerstin Hauk ist sich nicht sicher, wie stolz sie darauf sein kann, dass es ihr gelungen war, ihrem Ex ihre Affäre damals zu verheimlichen. Eine Affäre von einiger Dimension!

Und der Schreiber weiß ja letztlich auch nicht mit absoluter Sicherheit, ob seine Frau nicht längst vollzogen hat, was er irgendwie für fast wünschenswert hält.

Und wenn er, der Schreiber, erfahren hätte, dass sie, seine Helga, längst fremdgegangen war, wäre er dann so großzügig geblieben? Hätte er es dann als normal, als wünschenswert hingenommen?

Sie überlegt weiter, was wohl ihr Ex damals, als sie fremdlief, gedacht haben könnte?

Dass er ihr die Affäre gegönnt hätte, schließt sie aus.

Und sie ist sich auch ziemlich sicher, dass der Tagebuchschreiber nur theoretisch - in der Annahme, dass es ja nur Theorie sei! - so großzügig gedacht hat. In praxi wäre er beleidigt gewesen und hätte Theater machen - wie alle! Garantiert!

Kerstin Hauk findet es schade, dass man aus dem Monolog nicht erfährt, ob diese Helga fremdgegangen ist oder nicht. Sie, Kerstin Hauk, ist jedenfalls! Und nicht um des Sex Willen, sondern weil sie sich verliebt hatte. Über alle vier Ohren! Heiliger Bimbam!

Unter Aufbietung großer Willensanstrengung wälzt sie sich jetzt aus dem Bett, stolpert über den Aktenordner, der aufgeschlagen auf dem Bettvorleger liegt, und torkelt schlaftrunken - wie immer früh - in Richtung Bad.

Bevor sie morgens richtig bei Sinnen ist und ihre Bewegungen - körperlich und geistig - zielgerichtet koordinieren kann, das dauert wenigstens bis zur ersten Tasse Bohnenkaffee. Die bringt dann die Lebensgeister langsam zurück.

So auch jetzt - während der zweiten Tasse beginnt sie, einen Tagesplan zu entwerfen. Supermarkt - Lebensmittel einkaufen, Mittagessen weglassen - der Linie wegen! ...Wohnung leicht entrümpeln... Staubsaugen... Fahrrad fahren... bei dem Wetter vielleicht auch Baden gehen, an den Stausee... ein Bekannter, der irgendwann auftauchen könnte, ist nicht zu berücksichtigen... die weitere Lektüre des Tagebuches nimmt sie sich wieder für den Abend vor... wobei - ihr fällt ein, dass die Schweizer Kollegen von den unversehrten CDs noch einen längeren Text gerettet und ausgedruckt hatten, der nichts mit dem Tagebuch zu tun hat.

Kerstin Hauk blättert die Aktenmappe von hinten her durch und findet ihn. Die Schweizer Kollegen hatten dem Text eine schöne Überschrift verpasst:

"Der Beginn des Verhältnisses zwischen dem Mann ohne Namen und der Frau namens Maria, die wahrscheinlich mit dem Tagebuchschreiber namens Achim und der Frau namens Maria identisch sind."

Kerstin Hauk könnte sich kringeln! So eine schöne Überschrift! Der Autor wäre bestimmt begeistert!

Sie beschließt, diese wenigen Seiten mit an den Stausee zu nehmen und beim Sonnenbad zu lesen. Auch wenn das nicht ganz in der Dramaturgie der Schweizer Polizei so vorgesehen war. Aber der kleine Vorgriff dürfte wohl erlaubt sein!

Kerstin Hauk heftet die betreffenden Seiten aus dem Aktenordner aus, rollt sie zusammen und steckt die Paperröhre in die Tasche zu den Badeutensilien.

Bis die anderen Punkte des Tagesplanes abgearbeitet sind, wird es allerdings Nachmittag. Die Hitze erreicht ihren Höhepunkt. Bestimmt 50 Grad im Schatten, vermutet Kerstin Hauk, während sie sich mit dem Fahrrad die kleine Anhöhe hinauf zum Stausee quält. Aber es ist gesund und gut für die Figur!
Die Liegewiese am Stausee ist ziemlich weitläufig. Kein Problem für Kerstin Hauk, ein Fleckchen zu finden, wo sie ihre Decke ausbreiten kann, ohne dabei jemand auf den Kopf zu treten. Die nächsten Nachbarn sind zwei junge Dinger - höchsten 16, schätzt sie -, die ihre spitzen Brüste mutwillig in die Landschaft halten. Der alte Knacker, drei Decken weiter, dürfte seine Freude haben. Kerstin Hauk behält das Oberteil ihres Bikinis an. Sie war nie für "oben ohne" gewesen, obwohl sie damals, als sie irgendwie mithalten wollte... im Kreis der Kollegen und Kolleginnen... FKK und Sauna galten als normal und schließlich wollte sie nicht als prüde gelten! ..im Sommer ging man gemeinsam ins FKK-Bad, im Winter in die Sauna. Man war flexibel. Sie und auch die "Eckis"! Auch mit den Arbeitszeiten...
Davon hat sie ihrem Ex natürlich nie etwas erzählt. Und auch über andere Dinge nicht. Kerstin Hauk staunt immer wieder, wenn sie daran denkt, wie es ihr gelungen ist, so viele Jahre zu schweigen; sich nichts anmerken zu lassen, von der Affäre, die sie gehabt hat. Es war eine Affäre mit allem drum und dran - gefährlich und bri-

sant! Er verheiratet, zwei Kinder, sie verheiratet, zwei Kinder! Sie wurde schwanger und ließ abtreiben. Und es hat wohl schließlich nur sehr wenig gefehlt, dass aus der Affäre kein Eklat geworden ist. Aber irgendwie waren die Leidenschaften dann doch abgekühlt. Das Erlebnis eines Orgasmus war ihr in der Affäre sowenig beschieden gewesen, wie in ihrer Ehe. Wollte sie sich nicht scheiden lassen... oder er sich nicht?

Kerstin Hauk legt sich bäuchlings auf die Decke, glättet die zusammengerollten Seiten und ist gespannt, wie die Affäre zwischen dem Mann und dieser Maria begonnen hat. Bei ihr hatte die außerehelich Affäre mit dem Kollegen sehr langsam begonnen, hatte sich langsam aufgebaut... und ist - wenn sie tief in sich hineinhört - bis heute nicht beendet.

Dann konzentriert sie sich auf den Text, dem die Schweizer Beamten die bereits erwähnte schöne Überschrift gegeben hatten:

"Der Beginn des Verhältnisses zwischen dem Mann ohne Namen und der Frau namens Maria, die wahrscheinlich mit dem Tagebuchschreiber namens Achim und der Frau namens Maria identisch sind."

1.Kapitel

Die letzten Kilometer bis hinauf in die Höhen des Teutoburger Waldes war er gefahren wie ein Henker, steifes Bein und starres Auge. Der "Mazda" gab sein Bestes. Doch er schaffte es nicht mehr, pünktlich zur ersten Seminarstunde des Lehrganges im Schulungsheim einzutreffen. Das war aber nicht sehr tragisch. Er hatte sich für die Teilnahme an diesem Lehrgang - "Umgang mit der Presse" - hauptsächlich entschlossen, um wieder mal ein paar Tage der gewohnten Umgebung, dem Alltag, der Familie zu entkommen. Ein bisschen Abwechslung einfach! Der Lehrstoff war zweitrangig. Was sollten die ihm schon noch Neues beibringen? Er hatte in den Jahren seit der Wende bereits gut zehn Lehrgänge zu Betriebswirtschaft, Marketing und Werbung absolviert, bei denen das Thema "Presse" immer irgendwie eine Rolle spielte. Interessanter vielleicht die anderen Teilnehmer. Womöglich würde man Kontakte knüpfen können - Kontakte für künstlerische Aufträge und menschliche Kontakte. Oder weibliche.

Bei den Lehrgängen, die er in den letzten Jahren regelmäßig belegt hatte, war bezüglich der weiblichen Kontakte nie was geworden. Entweder, die Willigen waren ihm zu dämlich gewesen, oder zu hässlich, oder wollten nicht ihn, sondern andere; und die meisten anderen waren nicht willig. Auch war er wohl zumeist nicht mit der notwendigen Penetranz ans Werk gegangen, um vielleicht doch eine von den Unwilligen umstimmen zu können, und hatte sich nach den Seminaren lieber in langen einsamen Spaziergängen Luft verschafft. Oder war er den meist jüngeren Frauen, die sich auf den Lehrgängen tummelten, schon zu alt gewesen?

Während der langen Fahrt über die Autobahn in Richtung Westen war ihm das und vieles Andere durch den Kopf gegangen. Die letzten Wochen und Monate schienen vergangen zu sein wie im Flug - tausend verschiedene Dinge waren zu erledigen gewesen, organisatorische, die Werbung, Pressearbeit, technische Dinge... der Sohn hatte sein Studium an die Wand gesetzt...die Tochter war zu ihrem festen Freund in eine kleine Wohnung gezogen... seine Frau bestand darauf, dass er endlich das Schlafzimmer renovieren würde. Ausgerechnet das Schlafzimmer. Wo man sich sowieso nur ins Bett sinken lässt und die Augen schließt! Wozu denn da neue Tapete? Wegen der drei Augenblicke, da er vom Bauch seiner Frau nach vollzogenem Koitus seitwärts abzurollen und erleichtert an die Decke zu starren pflegte...?

Nein, alle Argumente seinerseits halfen nichts - er sollte unbedingt das Schlafzimmer renovieren! Und wenn er sich nicht zu diesem Lehrgang gemeldet hätte, wäre er wohl schon mittendrüber.

Im nächsten Jahr steht die Silberhochzeit ins Haus. 25 Jahre verheiratet! Unglaublich. Er mochte seine Frau immer noch. Und eigentlich konnte er sich keinen besseren Lebenskameraden vorstellen, nur... nicht erst seit gestern war bei ihm eine undefinierbare Sehnsucht, eine Gier nach anderen Frauen aufgebrochen.

Gut, ab und zu war er bei Prostituierten gewesen. Das hatte ihm eigentlich ganz gut gefallen - die Mädchen waren hübsch und nett und unkompliziert, und ließen alles das mit sich machen, was er bei seiner Frau schon lange nicht mehr getan hatte. Und was am besten gewesen war - die Mädchen hatten ihm das Gefühl gegeben, dass sie Spaß an der Sache hatten; Spaß an der Sache und an ihm.

Seine Frau ließ es mehr oder weniger wohlwollend über sich ergehen. Seit Jahrhunderten - so kam ihm jedenfalls vor. Wobei er sich eingestehen musste, an dieser Tatsache auch eine Aktie zu haben. Irgendwie war es ihm nicht gelungen, seine Frau zu knacken, zu öffnen, aufzureißen, wie es im modernen Jargon heißt. Sie blieb für ihn eine geheime Verschlusssache. Ausnahmen bestätigen nur die Regel. Er erinnert sich an zwei Abende, wo sie von der Kette war - einmal, als sie noch keine Kinder hatten und sie waren auf einer Feier mit Freunden gewesen und es war lustig gewesen..., und einmal, da waren sie vorher im Kino - "Lady Chatterley". Anschließend war es fast zu einer kleinen Orgie gekommen. Mit Sekt auf dem Bauch, und wegschlürfen und so. Ansonsten hatte sie über die Jahre hinweg immer brav auf dem Rücken gelegen und sich nicht wesentlich bewegt.

Den Koffer ließ er gleich an der Rezeption im Lehrgangsheim stehen, um schnell in den Seminarraum zu gelangen. Immerhin lag er noch im akademischen Viertel. Also, keine Hektik. Früher wäre er noch kurz auf die

Toilette gegangen, um sich das Haar für den Auftritt zu richten, aber das hatte er nicht mehr nötig. Das, was an Haar noch vorhanden war, wurde von ihm eigenhändig und regelmäßig auf eine Länge von zirka 3 Millimeter abgemäht. Eine unverwüstliche Frisur!

Er öffnete die Tür, erkundigte sich bei denen, die da schon saßen, ob es wohl der Lehrgang für freie Berufe sei, erhielt zustimmenden Bescheid, sah sich in der Runde nach einem geeigneten Platz um... registrierte erfreut einen relativ hohen Anteil von weiblichen Teilnehmern, entdeckte einen Bekannten, den er von einem der vorangegangenen Lehrgänge kannte, und setzte sich zu ihm. Er schrieb auf das Schild, welches jeder Teilnehmer vor sich auf dem Tisch stehen hatte, seinen Namen, ordnete seine Schreibutensilien und begann dann, den Worten des Lehrgangsleiters Aufmerksamkeit zu schenken. Und schon während dieser ersten Seminarstunde verlor sich sein Blick zweimal in jene Richtung, wo sich mehrere weibliche Teilnehmerinnen platziert hatten. Eine, mit einer kastanienbraunen Zottelfrisur und dunklen Augen, schien ihm ganz passabel zu sein. Doch erstmal begann er - wie auf allen vorangegangenen Lehrgängen - das aufzuschreiben, was er innerhalb des Seminars systematisch überdenken und zu welchen Probleme, die es in nächster Zeit zu lösen geben wird, er entsprechende Lösungen ausklügeln wollte.

Den Themen, die im Seminar behandelt werden, wird er in zweiter Ebene Aufmerksamkeit schenken. Das muss reichen.

Die Dunkeläugige tat sich im Seminar nicht wesentlich hervor. Angenehm. Dass ihr Gesicht irgendwie windschief war, dass sie manchmal zu schielen schien, dass sie zu ihren kastanienbraunen Haaren ein farblich ziemlich unpassendes lindgrünes T-Shirt trug... geschenkt! Die Nachbarinnen waren allerdings auch nicht alle völlig unattraktiv. Zum Beispiel die zarte, gertenschlanke, bubiköpfige Prinzessin, mit den hübschen Beinen, die man fast bis zum Anschlag bewundern konnte, wenn man so günstig saß wie Volker saß. Die Tische bildeten ein Quadrat und er saß an der Seite des Quadrates, die der Seite, an welcher die Frauen saßen, gegenüberlag. Mein lieber Schwan! Auch die stramme Hausfrau, mit den engen Jeans verriet letztlich weibliches Format. Doch die Dunkeläugige...! Warum trug die nur so eine affig bunte Pluderhose?

Ob die anderen Männer neben ihm die Gegenseite auch so intensiv inspizierte wie er? Und die Gegenseite die Männerseite...?

Er war sich nicht ganz sicher. Manchmal glaubte er, besonders gierig nach dem anderen Geschlecht zu schielen, gieriger als andere. Und allemal gieriger, als Frauen nach Männern schauen. Dessen war er sich fast sicher.

Die Seminarleiterin war eine dürre Person. Sehr klug. Sehr geschickt gekleidet. Tragisch geschminkt... aber was soll's... die Dunkeläugige... scheiß auf die affige Pluderhose!

2.Kapitel

Wenn er eines bei Lehrgängen nicht leiden konnte, dann waren es praktische Übungen in Gruppen, wo man irgendetwas Kommunikatives trainieren soll. Diesmal war Selbstdarstellung angesagt. Wie präsentiere ich mich gegenüber anderen so, dass die anderen einen optimal positiven Eindruck erhalten?

Die Seminarleiterin forderte auf, entsprechende Gruppen zu zwei Personen zu bilden. Im Anschluss an die Arbeit in der Zweiergruppe sollte dann der jeweils eine den anderen den restlichen Teilnehmern vorstellen. Er fand das nicht nur deshalb lästig, weil er seine individuellen Überlegungen über seine Familienverhältnisse unterbrechen musste, sondern auch, weil es ihm nicht gelang, rechtzeitig die Dunkeläugige zu fragen, ob man eine Gruppe bilden wolle. Irgendein anderer Arsch war schneller als er gewesen. Er musste mit einem Trapezkünstler vorlieb nehmen, der zwar nett, aber eben nicht mit weiblichen Reizen gesegnet war.

Nach dieser Präsentationsübung, die der Entwicklung einer Vermarktungsstrategie dienen sollte, war der erste Lehrgangstag beendet. Der Abend war zur freien Verfügung. Auf das Abendessen verzichtete er, da er seit einigen Wochen intensiv an seiner Figur arbeitete. 10 Kilo hatte er bereits runter. Er mietete sich an der Rezeption einen Fernseher, damit er am späteren Abend etwas gegen die Langeweile haben würde, fuhr aber erstmal in die nahe gelegene Stadt Bielefeld, um sich dort umzuschauen. Er tat dies dann mit wenig Gewinn. Die Stadt war soweit ganz nett, aber er fand nichts, was ihn fesseln oder begeistern konnte. Durchschnitt in jeglicher Richtung. In einer angenehmen Gaststätte trank er ein Viertel Rotwein. Am Tresen saß eine dunkelblonde, ziemlich schlanke, junge Frau. Noch

116

während er erwog, ob die Dame käuflich oder womöglich auch sonst irgendwie zu haben sein könnte, entpuppte sie sich als die Ablösung für den Kellner, der ihm den Rotwein gebracht hatte. Die dunkelblonde Schönheit hatte also Spätdienst. Sinnlos, solange sitzen zu bleiben, bis sie Feierabend haben würde. Und überhaupt - es gelang ihm nicht, einen netten Blick von ihr zu erhaschen. Er zahlte deprimiert und fuhr zurück zum Lehrgangsheim. Deutlich nagte wieder das Gefühl in ihm, der ewige Pechvogel zu sein, wenn es um Weiber ging.

Im Fernsehen war das Weltmeisterschaftsvorrundenspiel Spanien gegen Nigeria schon in vollem Gange. Von Fußball konnte er nicht genug sehen. Als die Pause kam, ging er hinunter in die Gaststätte des Lehrgangsheimes, um sich eine Flasche Rotwein zu kaufen, die er während der zweiten Halbzeit des Fußballspieles zu genießen gedachte. An einem der Tische saß sein Bekannter von dem vorangegangenen Lehrgang. Der redete auf die Dunkeläugige ein, als wolle er sie zum Buddhismus bekehren. Um nicht eigenbrötlerisch und ungesellig zu erscheinen, ging er, nachdem er die Flasche Rotwein gekauft hatte, an den Tisch, wo die beiden saßen, und wollte eigentlich nur ein paar unpassende Floskeln fallen lassen, so a la "eigentlich bin ich kein Fußballfan, aber wenn's ein gutes Spiel ist, da muss ich gucken..." und "...wünsche einen schönen Abend noch!"

Doch die zweite Halbzeit des Spieles Spanien-Nigeria musste ohne, dass er per Television zuschaute, ablaufen. Er verstrickte sich in ein Gespräch mit der Dunkeläugigen. Der Bekannte räumte irgendwann das Feld.

Der Gesprächsfaden lief nur zwischen ihm und der Dunkeläugigen. Da sie aus Franken stammte und er aus Sachsen, lag das Thema auf der Hand - Ossis und Wessis!

Seit der Wende kannte und hasste er solche Diskussionen und führte sie doch immer wieder mit Glut und Engagement. Irgendwann müssen doch auch die Wessis mal begreifen, dass man im Osten nicht nur Trübsal geblasen hat und nicht unentwegt von der Stasi gehetzt wurde. Die Dunkeläugige war eine gute Zuhörerin. Sie war allerdings - so wie alle Wessis! - voll gestopft von oberflächlichen Urteilen und Klischees. Zum Beispiel - Intelligenzlerkinder durften in der DDR nicht studieren. Arztkinder schon gar nicht!

Ihm sträubten sich vor soviel Halbwahrheit die kurzen Haare, dass sie wie Igelstachel standen. Geduldig, aber mit Nachdruck klärte er die Dunkeläugige auf, dass man schon genauer hinschauen müsse: Es gab Arztkinder, die nicht studieren konnten, weil sie zu doof waren; es gab Arztkinder, die durften nicht studieren, weil ganz einfach nicht so viele Ärzte ausgebildet werden konnten, wenn man keine Arbeitslosen produzieren wollte; und es gab Arztkinder, die durften nicht studieren, obwohl sie gute Zensuren hatten, aber ein Arbeiterkind hatte fast gleich gute Zensuren und wurde - der sozialen Herkunft wegen - vorgezogen; und es gab Arztkinder...

Die Dunkeläugige zeigte Ansätze von Verständnis für Volkers Erläuterungen. Und bevor sie es sich versahen, waren sie die letzten Gäste in der Kantine und mussten das Feld räumen. Polizeistunde !

Aber man war ja mit dem Gespräch noch gar nicht fertig! Und außerdem... bei ihm läuteten die Alarmglocken - es sollte ihm doch wohl nicht plötzlich und unerwartet vergönnt sein, ein Verhältnis anzetteln zu können? Sein Herz schlug so laut, dass er Angst hatte, sie könne es hören. Vor Aufregung gab er beim Bezahlen ein unnötig generöses Trinkgeld. Und dann staunte er über sich selbst - er fragte die dunkeläugige Fränkin, ob man nicht noch ein bisschen spazieren gehen sollte, um das Gespräch einigermaßen abzurunden.

Sie sagte: "Ja."

Er griff nach ihrer Hand und es war ihm, wie vor dreißig Jahren, als er neunzehnjährig seine erste große Liebe hatte. Und diese Hand, die warm und fest in seiner lag, hielt sich an seiner Hand fest. Zwei Hände, die sich begriffen, bevor es der Verstand begriffen hatte. Es schien unmöglich, dass sich die Hände wieder trennen könnten. Die pechschwarze Nacht war allerdings nicht sonderlich für einen Spaziergang im unbekannten Gelände geeignet. Man hätte sich unweigerlich Beulen und Prellungen zugezogen. Sein Hirn arbeitete fieberhaft an einem Lösungsvorschlag. Zu ihm aufs Zimmer ? Dieser Vorschlag schien ihm zu voreilig, zu gewagt, zu plump. Auf keinen Fall aber durfte es zu einer getrennten Variante kommen. In den Klubraum...noch etwas Musik hören...? Das war zwar auch keine berauschende Idee, aber immerhin praktikabel. Die dunkeläugige Fränkin willigte ein. Sie gingen händchenhaltend zurück in das Heim. Er glaubte, es könnte wohl doch letztendlich nur ein Traum sein. Wenn es allerdings kein Traum war - und er wusste ja, dass es kein Traum war - dann widerfuhr ihm ein Wunder! Eine Offenbarung. Eine Sternstunde. Und er war wild entschlossen, sie sich zu gönnen. Nach dreißig Jahren eine neue Liebe? Nein, soweit wagte er noch nicht zu hoffen. Erstmal war der Klubraum ein öder Saal mit der Romantik einer Turnhalle. Ein Radio, oder ein anderes Gerät, welches Musik oder andere Töne hätte von sich geben können, war nicht vorhanden. Sie setzten sich trotzdem an einen der Tische, sprachen über Gottweisswas und ließen des anderen Hand nicht los. Beim ersten Kuss störten die Brillen. Er benötigte seine sowieso nur für die Ferne. Maria zwar für die Nähe, aber nicht für diese Nähe.

Das Gespräch drehte sich mittlerweile um persönliche Dinge. Dann schlug Maria vor, man könne ja auch in ihr Wohnmobil gehen, welches auf dem Parkplatz steht. Sie habe dort ein paar Musikkassetten - tschechische Musik! - die sie ihm gern mal vorspielen würde. Tschechische Musik! Volker hatte sich in seinem Leben für englische Beatmusik, für französische Chansons und ostdeutsche Rockmusik begeistern können, aber der Vorschlag - tschechische Musik! - begeisterte ihn regelrecht. Es hätte auch lappländische Folklore sein dürfen.

5.Kapitel

Marias Wohnmobil war das kleinste seiner Art. Ein Ford-Transit. Lila gespritzt. Die tschechische Musik, die aus dem Kassettengerät erklang, war bezaubernd. Nein, sie hätte ihm womöglich wahrhaftig schon an diesem Abend gefallen können, wenn er hätte Zeit und Muse gehabt, auf die Musik zu hören. Aber da war doch diese Frau, dieses Fabelwesen, welches ihm begegnet war - Maria! Ihre Lippen hatten einen leichten Geschmack von Knoblauch. Knoblauch war ihm niemals sympathischer gewesen. Sie trug eine Art Jogginghose und Pulli. Ihr BH hatte einen einfachen Verschluss, der ihm keine größeren Schwierigkeiten bereitete. Er trug eine helle Baumwollhose und Polohemd. Seine Unterhose schien ihm mehrere Nummern zu klein zu sein. Nun wollten sich die Lippen nicht mehr trennen. Das Gespräch erfuhr immer häufiger größere Pausen. Es war dann Maria, die gegen zwei Uhr morgens die Frage formulierte: "Was tun wir bloß?"

Er war sich seiner Sache sehr sicher und antwortete: "Wir haben uns wahrscheinlich verliebt."

Sie hauchte: "Ja."

Und er spürte deutlich, dass es ihn gerade total umschmiss. Damals mit seiner Frau, die er vor 23 Jahren kennen gelernt hatte... war es überhaupt jemals annähernd so gewesen? Vielleicht konnte er sich in diesem Moment nur nicht mehr recht erinnern, aber jedenfalls fühlte er sich dort, wo er den siebenten Himmel vermutet. Sie lagen sich in den Armen, in den Beinen und in den Bäuchen. Sie streichelten sich den Nacken, sie küssten sich immer wieder, sie umschlangen ihre Hüften. Als er versuchte, außer dem BH weitere Kleidungsstücke von ihrem Körper zu entfernen, bat Maria um Einhalt. Obwohl sie seit vier Jahren auf dem Trockenen säße, ja vielleicht wäre sie demnächst wieder zur Jungfer geworden, und es eigentlich kaum erwarten könne, wieder mal zu spüren, was ein Mann ist, wolle sie doch nichts überstürzen. Der Lehrgang würde ja noch drei Tage dauern. Und außerdem habe sie nichts dabei. Was dabei, fragte er in schönster Ahnungslosigkeit. Na, Kondome, antwortete sie.

Er wäre nie auf die Idee gekommen, sich im Fall der Fälle vor eventuellen Infektionsmöglichkeiten zu schützen. Ja selbst der Gedanke an Verhütung lag weit außerhalb seiner Denkmöglichkeiten. Er war wirklich nichts weniger, als verliebt - und somit unzurechnungsfähig.

Maria schien ihm wie ein Wesen aus einer anderen Welt. Sie hatten allerdings auch de facto in getrennten Welten gelebt. Selbst die Jahre seit der Wende im geeinten Deutschland hatten die Ost- und die Westwelt noch kein Stück näher gebracht. Eher im Gegenteil.

Ihre Biografie war ihm höchst suspekt, aber anderseits spannend. Vom Hippie zur grünen Emanze! Fuck for peace! Die 68er Revolution!

Sie hatte scheinbar nichts ausgelassen. Und er... er war nach einigen Fehlversuchen in den Hafen der Ehe eingelaufen und hatte dort bisher 23 Jahre, mehr oder weniger redlich, verbracht. Manchmal erschienen ihm diese 23 Jahre schön, manchmal weniger schön. Auf seine Kinder war er allerdings ohne "wenn und aber" stolz. Und das Einfamilienhaus... Da würde es noch viel zu erzählen geben.

Sie knutschten und kuschelten bis gegen vier Uhr. Der Morgen dämmerte schon. Die Vernunft gebot denn nun doch, sich in die zugewiesenen Betten zu begeben. Aber wo waren die Brillen abgeblieben? Ohne Brillen wäre der nächste Tag nicht zu bewältigen. Wo hatte man die nur gelassen? Im Wohnmobil war nichts zu finden. Blieb eigentlich nur der Klubraum. Hand in Hand - wie sonst? - gingen sie noch mal in den Klubraum. Und - gottseidank! - da lagen die beiden Brillen auf dem Tisch. Dort, wo man sich den ersten Kuss gegeben hatte. Es schien, als hätten sich auch die Brillen miteinander angefreundet. Wobei der Ausdruck "angefreundet" für das, was zwischen ihm und Maria entstanden war, nicht ganz treffend scheint. Und es war auch nichts "entstanden" - es hatte wohl eher eingeschlagen - Blitz und Donner in die Seele. Er schlief bleiern und traumlos.

Kapitel 7

Fertig!

Kerstin Hauk lässt ihren Kopf auf die Arme sinken. Im Liegen zu lesen, ist sehr anstrengend. Obwohl sie sich während der Lektüre mindestens vier oder fünfmal auf der Decke gewendet hat, um nicht einseitig in der Sonne zu verglühen, spürt sie im Nacken nun außer den überanstrengten Muskeln auch ein leichtes Brennen. Sie rollt die Seiten des Romanfragmentes wieder zu einer Rolle zusammen, ordnet die anderen Sachen, die auf der Decke liegen und geht zum Wasser. Die Haut braucht dringend Abkühlung. Auch ihre Sinne. Unter die Lektüre hatten sich ihre eigenen Erinnerungen gemischt. Als sie sich verliebt hatte... damals in den Kollegen... oder im vorigen Jahr auf Kreta in den jungen Griechen... überwältigend ist es gewesen. Am Anfang allemal.

Warum verliebt man sich im Leben eigentlich nur so selten? Bestimmt würde es häufiger gelingen, wenn man sich nur von der Kette lassen würde; wenn die gesellschaftlichen Konventionen nicht wären. Auf der anderen Seite wird sie sich bewusst, dass sie nun schon zwei Jahre von der Kette ist und es ihr doch nur einmal richtig gelungen war - das mit dem Verlieben! Eben dieser junge Grieche. Leider eine Story ohne Chancen auf ein Happyend - 22 Jahre auseinander... und dann noch die anderen Hindernisse... organisatorisch... beruflich... familiär... kulturell... man schreibt sich noch Briefe. Selten.

Sie schwimmt lange und langsam. Herrlich, die Erfrischung, wenn die ersten Momente des Schauderns vor dem Wasser überwunden sind!

Bei der Rückfahrt vom Stausee geht es bergab. Das Fahrrad rollt von alleine. Ihre Gedanken schwirren in die Vergangenheit und zurück, zu ihrem Ex-Ehegatten und zu ihrem Ex-Geliebten... und ihr wird plötzlich bewusst, dass sie die Frage, die dienstliche Frage nach der Notwendigkeit eines Ermittlungsverfahrens, überhaupt nicht mehr interessiert. Sie ist einfach nur höchst neugierig, was sie noch über die Beziehung dieses Mannes mit seiner Maria erfahren wird. Und über sich! Ihr ist kurzzeitig, als habe sie in einen Spiegel geschaut. Und obwohl sie nicht sich selbst sah in dem Spiegel, glaubt sie sich schon ein bisschen deutlicher zu erkennen, als vorher.

Zurück in ihrer Wohnung beginnt Kerstin Hauk sofort auf der kleinen Dachterrasse mit den Vorbereitungen für die abendliche Session: Decke, Lampe, Rotwein, Pralinen, der Ordner... Die Abendsonne ist nicht mehr so brutal.

Weiter mit dem Rest vom vierten Urlaubstag!

"Aus dem Tagebuch des verunfallten Mannes:"

4. Urlaubstag

...

Am Nachmittag des vierten Tages, als mich meine Probleme mit mir und mit Maria verstärkt eingekreist hatten - ein Teufelskreis regelrecht! -, fuhren wir - mit Zwischenaufenthalt am Strand bei Juan-Les-Pins — nach Antibes. Die gewaltige festungsartige Stadtmauer, die die Stadt zum Meer hin abschirmt, zeigt, wo in früheren Zeiten, die Feinde der Stadt herkamen - übers Wasser.

Für ausführliche Besichtigungen von Städten bin ich nicht geeignet. Das trifft sich einigermaßen mit Maria. Und mit Mirko sowieso. Dabei bin ich durchaus interessiert an Kunstmuseen und sonstigen Sehenswürdigkeiten, aber das gesicherte Wissen, dass man selbst bei höchster Kraftanstrengung und in Kaufnahme von Plattfüßen, Kreuz- und Kopfschmerzen niemals alles sehen kann, was wirklich interessant ist; eingedenk der Überzeugung, dass das Bild, was man sich bei einem touristischen Kurzaufenthalt von einer Stadt machen kann, absolut unvollständig bleiben muss, versuche ich es erst gar nicht mehr. Ich begnüge mich mit ein zwei Straßenzügen, suche mir ein Cafe oder eine anderweitig geeignete Lokalität und lese im Reiseführer nach, was ich dabei bin, gerade alles zu verpassen.

Als ich vor vier oder fünf Jahren mal in Venedig war, hatte ich mich - während die übrige Reisegruppe schwitzend von Sehenswürdigkeit zu Sehenswürdigkeit getrieben wurde - am Canale Grande in ein Straßencafe gesetzt, ein kühles Bier vor mir und fotografierte die

127

Rialto-Brücke und die Passanten unterm Sonnenschirm hervor. Ich kam mir den wimmelnden Touristen gegenüber unendlich überlegen vor. Eben ein Künstler!

Den Fotoapparat hatte ich diesmal natürlich auch dabei. Den habe ich immer dabei. Und ein Lokal mit kühlem Bier müsste sich auch in Antibes finden lassen!

Kaum in Antibes angekommen, überfiel uns in seltener Einmütigkeit auch gleich der große Hunger. Es begann d e Suche nach einer Gaststätte. Die lief natürlich nach dem ehernen Gesetz der Gaststättensuche in einer unbekannten Stadt ab. Das eherne Gesetz der Gaststättensuche ist bekanntlich für die Gaststättensuche ähnlich grundlegend, wie der Satz des Pythagoras für die Geometrie. Die Suche beginnt immer damit, dass erstens gar keine Gaststätten zu finden sind, dann zweitens welche auftauchten, deren Preise schier unerschwinglich scheinen und dann drittens notgedrungen eine Gaststätte gewählt wird - an Hand der außen neben der Tür ausgehängten Speisekarte - die noch gar nicht geöffnet hat. So auch der Ablauf in Antibes.

Maria wollte warten bis sie (die gewählte Gaststätte) öffnen würde, weil die Speisekarte Lammbraten anpries. Ich war der Meinung, dass entsprechend dem ehernen Grundgesetz der Gaststättensuche, spätestens nach der nächsten Straßenecke eine schöne Gaststätte neben der anderen schönen sein müsse. Allerdings tritt dieser Fall eigentlich immer erst dann ein, wenn man sich bereits ermüdet und erschöpft in höchster Not in einer miesen Kaschemme hat abfertigen lassen. Aber zum Glück war das Gesetz an diesem Abend nicht ganz so ehern wie sonst, und nach wenigen Schritten kamen wir wahrhaftig auf einen großen, mit vielen Bäumen gesäumten Platz, wo sieben Gaststätten mit sieben Bier- bzw. Speisegärten auf uns warteten. Fünf davon waren Pizzerias, die für Maria nicht in Frage kamen. Nummer sechs gefiel Mirko nicht, weil es keine Spaghettis gab, aber gegen Nummer sieben, konnte keiner der beiden einen wesentlichen Einwand vortragen. Zielstrebig enterte ich einen Tisch. Ich hatte gesiegt. Maria nahm schweren Herzens von ihrem Lammbraten Abschied und musste auf Lamm am Spieß umsteigen. Das war eine Niederlage. Es war nicht nach ihrem Sinn gegangen, sondern irgendwie nach meinem. Daran hatte sie bis zum Dessert zu knabbern. Ich sehe ihr so was an. Sie hat dann auf der Stirn eine Ader, die von der Nasenwurzel unter den Haaransatz geht - die signalisiert ihre emotionalen Zustände sehr genau. Die Ader stand auf Sturm.

Das Essen war gut, ich bekam sogar ein Erdinger Hefe-Weizen, aber es dauerte so seine Zeit, bis Mirko seinen Eisbecher bekam, den üppigen Inhalt dann verdrückt hatte und letztlich die Zeche beglichen war. Auf dem Weg zum Auto stellte Maria fest: "Schon wieder so spät. Wenn der Urlaub so weitergeht, ist der Mirko anschließend reif für Erholung."

Bereits an den Vortagen hatte Maria mehrfach die Feststellung getroffen, dass Mirko früher ins Bett müsse. Als wenn gerade ich da etwas dagegen haben könnte! Mirko braucht wegen mir gar nicht erst aufzustehen. Aber nein, mir wird das erzählt, als wäre ich derjenige, der etwas ändern müsste!

Demzufolge antwortete ich - um auf die Verantwortlichkeit hinzuweisen: "Du brauchst doch nur den Tag anders einzuteilen."

Als hätte ich in ein Wespennest gestochen - nun wurde ich ins Kreuzfeuer genommen. Ich kann beim besten Willen nicht mehr anführen, welcher Verbrechen ich der Reihe nach beschuldigt wurde - eines der geringfügigsten: Ich hätte geschnauzt!

Die sachliche Richtigkeit meines Hinweises, dass man nur den Tag anders einteilen müsse, damit Mirko früher ins Bett kommt, spielte keine Rolle.

Die Schwierigkeit der Rekonstruktion des Verlaufs solcher Auseinandersetzungen mit Maria liegt in ihrer Unlogik. Es läuft nicht so ab, wie in Dialogen, die man aus Film, Funk, Fernsehen oder Theater kennt, wo jeder auf das eingeht, was der Vorredner geäußert hat. Oh, wäre das schön! Nein, wenn ich beispielsweise sage, der Stuhl ist grün und hat vier Beine, antwortet sie, aber auf dem Tisch stehen Blumen und der Tisch ist...

Verzeihung - mir fällt gerade auf, dass ich schon an früherer Stelle, ein ähnliches Beispiel angeführt habe. Sollte ich an dieser früheren Stelle aber nicht erwähnt haben, dass mich diese Art von Streitkultur bis an den Wahnsinn bringt, dann möchte ich das hiermit nachgeholt haben. Sollte ich es bereits erwähnt haben, dann macht das nichts. Es kann nicht oft genug gesagt werden, weil es kein schlimmeres Gift in unserer Beziehung gibt. Aus meiner Sicht. Und ich bin hier der, der hier schreibt!

Auf der Fahrt zurück zur Feriensiedlung flüchtete ich mich in Schweigen. Wenn ich nicht antworte, geht Maria manchmal die Munition aus. Aber es kam nur zu einer Feuerpause.

Nachdem Mirko im Bett war, lieferten wir uns dann bis gegen zwei Uhr morgens ein beherrschtes Gefecht. Die schweren Waffen wurden nicht eingesetzt, aber es gab keinen Abschnitt der Front, den wir kampflos an den anderen abtraten. Es muss gegen elf Uhr gewesen sein, als ich totale Kapitulation anbot und Maria bat, die Beziehung im gegenseitigen Einverständnis abzubrechen. Weil wir uns nur aufreiben! Trennung ist das einzig Vernünftige!

Aber Maria lehnte ab.

Das Konfliktpotential zwischen uns erscheint mir seit längerer Zeit übermächtig. Sobald Maria den Mund aufmacht, erregt sie bei mir Widerspruch oder gar Widerwillen. Ihr missionarischer Eifer in Umweltfragen - von gesunder Ernährung bis zur Mülltrennung - ist nicht das einzige, was mir gegen den Strich geht. Und dabei bin ich eigentlich auch für Mülltrennung!

Kaum eine Lebensentäußerung, die sie nicht wortreich und ausführlich erläutern muss. Ich weiß gar nicht mehr, wie oft mir schon ausführlich erklärt wurde, dass sie acht Stunden Schlaf brauche, weil... und wenn nicht... und überhaupt...

Auf der einen Seite gibt es die ideologisch neutralen Bereiche unserer Gegensätzlichkeit: Die Gewohnheiten, Vorlieben, Geschmacksfragen, Ordnungssinn, Pünktlichkeit... aber dann gibt es auch noch die ideologischweltanschaulichen Bereiche. Es ist unglaublich, wie unterschiedlich wir geprägt sind - sie als Wessi, ich als Ossi. Wobei sie in keiner Weise dem Bild eines typischen

Wessis (muss ich wirklich Wessiene sagen?) entspricht. Nur ihr Auftreten, dieses typische Wessi-Selbstbewusstsein, welches an Arroganz zu grenzen pflegt... - furchtbar!

Die Eckpfeiler ihrer Weltanschauung sind: Sie hat die westliche Wohlstandsgesellschaft schon immer abgelehnt. Schon als Teeny! Dann war sie Hippie, stand den 68ern nahe... hat schon immer Grün gewählt... wenn man jemanden kennen lernt, dann geht man mit ihm ins Bett... der Osten war grau, hässlich und trostlos... Männer sind alle Machos... warum soll man nicht ab und zu Gras rauchen... etc. pp.

Eine Sache, mit der ich immer wieder zu kämpfen hatte, um nicht vor Eifersucht zu platzen, war die Zahl der Männer, die sie vor mir hatte. Ich erwähnte das wohl auch schon mal. Aber auch das kann nicht oft genug erwähnt werden, wenn es um die Beziehung zwischen Maria und mir geht.

Für sie war Sex seit ihrem sechzehnten Jahr fester Bestandteil ihres Lebens gewesen. Ich hatte eigentlich erst bei Maria begriffen, dass auch Frauen Sex haben wollen, und dass es wohl doch keine Schweinerei, sondern ein menschliches Grundbedürfnis darstellt. Vielleicht ein bisschen spät die Erkenntnis, aber immerhin!

Im vorigen Jahr vor dem Urlaub war ich - wie erwähnt - an diesem Thema "Wie viele Männer hatte Maria?" regelrecht erkrankt, wie an einer Seuche. Ja, ich konnte an fast nichts anderes mehr denken - Maria zwischen Männer, unter Männer, über Männer....

Eifersucht in gesteigerter Form. Durch Andeutungen und Gesprächsfetzen hatte sich bei mir ein Bild aufgebaut, welches ich kaum ertragen konnte. Maria als weiblicher Casanova! Aber in dritter Potenz.

Ich versuchte mich zu beruhigen - auch Frauen haben sexuelle Bedürfnisse... und wenn sie eben keinen festen Partner gefunden hat... oder hat sie immer nur Sex gesucht?

Tag und Nacht - wenn ich nicht gerade schlief oder wichtige Dinge zu regeln hatte - beherrschte mich diese Problematik: Wie hat sie es getrieben? Warum? Was ist sie für eine?

Während einer der üblichen Autofahrten nach Muhr am See hatte ich meine Gedanken auf ein Tonband gesprochen. Um mit der Sache irgendwie klar zu kommen. Ich errechnete grob, dass Maria weit über 200 verschiedene Männer gehabt haben muss. Wenn es reicht! Ich hatte mit einer Frau und zwei Nutten Sex gehabt. In meiner Jugendzeit, bevor ich mit 26 Jahren Kerstin geheiratet hatte, war ich zwar drei oder viermal mit einer Frau im Bett gewesen und hatte, kaum dass ich eingedrungen war, einen Erguss, aber ich hatte nicht annähernd begriffen, was Sex ist. Und es machte mir eigentlich keinen Spaß. Es war nur ungeheuer aufregend, so etwas zu tun.

Ich kannte auch keine Gier auf Sex. Es war verwirrend, unübersichtlich und eben schmutzig. Mit meiner ersten großen Liebe - ich war 18 Jahre, sie 17 - war ich überhaupt nicht zurechtgekommen. Ich wusste weder wie, noch warum, noch wo ich meinen Penis bei ihr reinstecken sollte. Dass es irgendwie dazugehörte, das Ficken, wenn man sich mit einer Frau einlässt, war klar, aber es hatte mich nie interessiert. Und so ging es bei drei Versuchen hintereinander jedes Mal schief. In den Jahren danach suchte ich verzweifelt nach einer neuen Freundin fürs Leben. Die große Liebe! Sexuelle Erfahrungen zu machen, lag außerhalb meiner Möglichkeiten. Ich konnte mir das nicht vorstellen... mit einer Frau... nur so... ohne sie heiraten zu wollen. Als ich dann schließlich Kerstin traf, die noch Jungfrau war, fühlte ich mich erlöst. Wir kamen miteinander soweit ins Geschick, dass Kerstin schnell schwanger war. Zu entdecken, was Sexualität ist, hatten wir keine Zeit mehr. Nach dem ersten Kind wurde Kerstin gleich wieder schwanger. Dann nahm sie die Pille...

Ja, ausgerechnet ich, mit meiner Naivität und Unerfahrenheit, mit meinen antiquierten Vorstellungen von Sex, mit meinen Verklemmungen... ausgerechnet ich lasse mich nun auf meine alten Tage mit einer Frau wie Maria ein, für die Sex immer so was war, wie Frühstücken oder Zähneputzen – „Wenn man einen kennen gelernt hat, dann ist man eben ins Bett gegangen!" Heiliger Strohsack!

Im Urlaub in der Bretagne hatte ich sie dann nach ihren Männern gefragt. Dreiundzwanzig oder vierundzwanzig, schätzte sie. Keine Beziehung wäre länger als ein Jahr gewesen, nur die letzte - da war sie acht Jahre verheiratet. Sie wäre beziehungsunfähig gewesen, erklärte sie. Erst nach einer mehrjährigen Therapie war es ihr möglich, eine längere Beziehung - eben die Ehe, aus welcher Mirko hervorgegangen ist - einzugehen. Da war sie 36. Zwischen 16 und 36 hatte sie also ein freies Leben geführt. Zwanzig Jahre lang! Einen nach dem andern...

Wenn ich nichts mit Maria hätte, würde ich gerne ihre Biografie schreiben. Wenn ich nichts mit ihr hätte, würde ich ihre Erlebnisse vielleicht sogar interessant finden. Ihre Suche nach Liebe könnte ich verstehen. Aber leider habe ich was mit ihr, und ich komme über ihr gelebtes Leben nicht hinweg. Auch wenn ich jetzt in aller Ruhe reflektiere, mich sogar zu etwas Selbstironie aufschwingen kann - innen fängt es bei mir sofort wieder an zu wirbeln, zu kochen, zu dampfen. So viele Männer! Und allen hat sie gesagt, dass sie sie liebt. Allen!

Nicht selten liegen diese verdammten Männer, von denen ich wusste, mit mir in ihrem Bett. Und was der Gipfel ist - manchmal hilft mir die Vorstellung, wie sie es wohl mit den anderen getrieben hatte, wenn es mir im Bett aus eigener Kraft nicht recht gelingen will, zum Höhepunkt zu kommen. Pervers!

Alles das habe ich mir voriges Jahr von der Seele auf ein Tonband geredet. Ich sollte das wieder mal anhören!

In der Nacht vom 4. zum 5. Urlaubstag im Bungalow von Vallauris nahm Maria also mein Angebot, die Beziehung abzubrechen nicht an, sondern beharrte darauf, dass unsere Beziehung eine Chance habe, wenn wir uns nur lange genug therapieren ließen. Unsere Verhaltensmuster wären änderbar. Ich unterstelle, dass sie damit vorwiegend meine Verhaltensmuster im Auge hatte, die sich ändern müssten. Dahingestellt. Mein Glauben an die Wunderwirkung von psychologischen Therapien begrenzt sich auf die Überzeugung, dass man als Psychologe nur genügend Idioten finden muss, die einen Beichtvater brauchen und man kann davon reich werden.

Übrigens - in dieser Nacht genau vor zwei Jahren hatten wir uns kennen gelernt - Maria und ich. Oder besser formuliert: ...waren wir aufeinander geprallt! Bei einem Lehrgang der IG Medien im Teutoburger Wald.

Dieser zweite Jahrestag unseres Aufeinanderprallens, so war im Vorfeld des Urlaubs von Maria mehrfach eingefordert worden, sollte gebührend gefeiert werden. Meine Bereitschaft, diesen Tag zu feiern, war zu keinem Zeitpunkt sehr ausgeprägt, aber ich war es dann, der sich mitten in der oben beschriebenen Diskussion um Trennung und Therapie etc. plötzlich daran erinnerte - zweiter Jahrestag! Heute! Oh Gott!

Maria hatte es im Kampfgetümmel vergessen.

Zum Feiern war die Stimmung nun nicht mehr geeignet. Ermüdet und leicht angetrunken rettete ich mich in den Schlaf.

Ende des vierten Tages.

Kapitel 8

Im Anschluss an die Notizen des 4. Tages hatten die Schweizer Ermittler darauf verwiesen, dass man den Ausdruck der Datei unter der Überschrift „Der Beginn des Verhältnisses zwischen dem Mann ohne Namen und der Frau namens Maria, die wahrscheinlich mit dem Tagebuchschreiber namens Achim und der Frau namens Maria identisch sind." an dieser Stelle lesen solle. Kerstin Hauk fragt sich, was die gewissenhaften Schweizer wohl sagen würden, wenn die wüssten, dass sie eigenmächtig vorgegriffen hatte. Sie ist sich der Missbilligung gewiss. Finstere Blicke, gerunzelte Stirnen...
Weshalb sie sich die Schweizer Ermittler als kleinkariert-krümelkackerische Beamte vorstellt, ist ihr nicht klar. Das ist nur so ein Bild... woher? Die haben das alles so genau genommen mit dem Tagebuch und den anderen Texten... und die Mutmaßungen hinsichtlich eines eventuellen, strafrechtlich relevanten Selbstmordes...
"unter Inkaufnahme des Ablebens anderer Personen..."
Kerstin Hauk zwingt sich, ihre Urteile als voreilig zurückzuweisen. Man wird sehen, beziehungsweise lesen! Noch ist kaum die Hälfte des Tagebuches geschafft.
Sehr interessant erscheint ihr immer wieder, wie der Mann zu dem Kind steht. Sehr distanziert! Meist sogar eine ironische Distanz. Ihr tut der kleine Mirko leid. Er ist schließlich der letzte, der etwas zu der Situation beigetragen hat!
Der alte Satz, dass es immer die Kinder sind, die die Querelen ihrer Eltern ausbaden müssen, kommt ihr in den Sinn. Und schon ist sie bei den eigenen Kindern.

Was wäre gewesen, wenn ihre Affäre damals geplatzt wäre? Die Kinder waren noch nicht mal in der Schule. Nicht auszudenken. Zweitväter sind genauso scheiße, wie Zweitmütter! Kerstin Hauk schlägt innerlich ein Kreuz, dass es damals nicht zu Scheidung und all dem gekommen war, was unausbleiblich gewesen wäre.

Sicher war es für die Kinder noch schwer genug gewesen, was nun passiert war, vor zwei Jahren. Aber da waren sie wenigstens schon aus dem Haus, studierten beide schon, waren dabei, ihr eigenes Leben einzurichten. Doch Kerstin ist sich sicher, dass beispielsweise die vehemente Erklärung des Sohnes gegen das "Kinder-in-diese-Welt-setzen", zu guten Teilen dem Scheitern ihrer Ehe anzurechnen ist. Auch die Tochter will keine Kinder haben. Die Hoffnung, doch noch mal ein Enkelchen zu bekommen, bleibt ihr allerdings, weil die Tochter ihrer Absichtserklärung letzthin das Wort "vorläufig" angefügt hatte. Keine Kinder - vorläufig!

Sie hatte ihre Kinder vielleicht durchaus im richtigen Alter bekommen, aber viel zu schnell. Wie hatte der Mann geschrieben: "Zu entdecken, was Sexualität ist, hatten wir keine Zeit mehr."

Sie sucht nach der Stelle im Tagebuch, findet sich bestätigt und stolpert noch mal über eine andere Stelle, wo der Mann davon spricht, er habe eine Dreierbeziehung gewollt. Typisch Mann! Das kannte sie von ihrem Ex genauso. Und aus Büchern und Gesprächen mit anderen Frauen, die ebenfalls Trennungsgeschichten durchhatten, wusste sie, dass jeder zweite Mann auf diese blödsinnige Idee kommt. Dreierbeziehung!

Überhaupt empfindet sie es mittlerweile - also nach beinahe zweijährigem Studium der Beziehungsprobleme anderer Paare - erschreckend, wie gleichartig Beziehungen beginnen, schief laufen, scheitern...

Da hat man doch immer gedacht, dass man selbst so einzigartig sei, und die Gefühle, die man erlebt, einzigartig sind, und die Probleme und die Anfechtungen... und dann beginnt man sich für Beziehungskisten anderer zu interessieren und merkt - Mist, alles der gleiche Salat! Nur geringfügige Unterschiede bei der Wahl des Dressings.

Und wie viel Frauen in jungen Jahren Probleme mit dem Orgasmus beim Geschlechtsverkehr haben! Und wie viel junge Männer echt zu blöd sind, um es einer Frau recht zu machen! Zum Glück kann man masturbieren. Und wie alle leiden, wenn sie sich scheiden... und wie sie sich quälen, und wieder vermählen...

Kerstin Hauk fühlt sich in diesem Moment souverän. Sie hat die Trennung von ihrem Ex gut verarbeitet! Bis zur nächsten Depression!

Sie kennt sich.

Und wenn ihr Ex mit seiner neuen Flamme auch solchen Zeck haben sollte, wie dieser Tagebuchschreiber, dann würde sie ihm das durchaus gönnen. Rache ist Blutwurst. Aber er, ihr Ex, macht nicht diesen Eindruck. Selbstbewusst wie immer, aufrecht, grade, freundlich - das ist nicht die Körpersprache eines Unglücklichen!

Und wozu sollte es auch gut sein, wenn er unglücklich wäre? Soll er glücklich werden! Sie versucht es ja auch. Und außerdem... - auch eine Erkenntnis der letzten Monate! - wenn man vor hundert Jahren bis "dass der Tod euch scheide" zusammenblieb, dann waren das statistisch gesehen 16 Jahre, die man miteinander durchhalten musste. Sie hatten es doch immerhin auf 24 Jahre gebracht! Da kann man doch eigentlich nicht meckern! Kerstin Hauk schenkt sich etwas Rotwein nach und spült diese Gedanken die Kehle hinab in den Magen. Er wärmt ein bisschen. Er tröstet. Er relativiert die Selbstvorwürfe, die sie sich doch auch hin und wieder macht. Was wäre gewesen, wenn... wenn... Noch ein Schlückchen!

"Aus dem Tagebuch des verunfallten Mannes:"

5. Urlaubstag

Ich erwachte wie gerädert. Beim Frühstück wurde die Konversation auf die nötigen Dinge reduziert - Kaffee? Milch? Danke, bitte...

Doch dann rollte die Lawine weiter - ob ich mich denn all der schönen Stunden nicht erinnern würde; ob ich denn immer nur das Negative sehn würde? Ich, ich hätte von Anfang an gewollt, dass es schief geht... die sich selbst erfüllende Prophezeiung...!

Mirko registrierte die Situation und verzog sich zum Swimmingpool.

Ich blieb hart. Das heißt, ich konnte gar nicht anders. Die dunklen Gewitterwolken hatten sich in mir derart zusammengeballt, wie ich es noch nie erlebt hatte. Ich war tief überzeugt, dass Schluss sein muss und konnte mir nicht vorstellen, mit Maria weiterzumachen. Ich hasste sie. Ich verachtete sie.

"Du kriegst mich nicht unter! Du nicht!"

Wobei sie mir natürlich auch leid tat - was soll sie machen... allein in ihrem Nest da am See... mit dem Mirko... mit wenig Geld... gut, das Auto würde ich ihr lassen, aber sonst - aus und Ebbe!

Sie malte mir aus, wie es werden wird, wenn ich allein bleibe - saufen, huren... einsam sterben...

Ich entgegnete, dass ich endlich mein Buch über die Zeit schreiben will. Sie sagte: "Du wirst nichts mehr schreiben können, weil ich dich vorher umbringe."

"Spinnst du?!" - schrie ich sie an.

"Nein", sagte sie ganz ruhig, "bevor ich sterbe, wirst du sterben."

Ich glaubte ihr, dass sie das in diesem Moment ebenso ernst meinte, wie ich mit meiner Willensbekundung, Schluss machen zu wollen. Ja, Schluss machen - und warum nicht so, wie sie es will?!

Aber ganz so schnell wollte ich doch mit meinem Leben nicht abschließen. Ich erinnerte sie, dass sie oft genug Beziehungen abgebrochen habe. Wenn die abservierten Männer auch alle so voller Rache gewesen wären, dann dürfte sie schon lange nicht mehr am Leben sein; dann müsste sie schon über zwanzigmal umgebracht worden sein.

Sie entgegnete, dass das nicht vergleichbar sei. Das wären keine richtigen Beziehungen gewesen - keine auf Leben und Tod.

Obwohl es mir kalt den Rücken herabrieselte, blieb ich relativ ruhig und sagte: "Ich glaube, die Beziehung ist tot. Und ich will wieder leben!"

Wahrscheinlich riss sich Maria samt ihren letzten Stolz zusammen und beschloss: "Dann reise ich ab."

Ich sagte: "Okay."

"Nein", revidierte sie sich, "du bist derjenige, der nicht mehr will - du reist ab!"

Ich sagte: "Okay!" - und schlug vor: "Ich suche mir ein Hotel und hole euch am Urlaubsende ab."

"Willst du mich quälen? Niemals will ich dich wiedersehn!"

Da kam Mirko um die Hausecke, lief heulend zu seiner Mama und sagte: "Mama, ich will aber nicht, dass er weggeht. Er ist ein Freund von mir."

Da standen die beiden vor mir im Gegenlicht - Mirko, sein Gesicht an Mamas Bauch gepresst.

Ich war vom oft zitierten Donner gerührt. Versteinert. Mit halb erstickter Stimme sagte ich: "Mirko, es geht nicht anders... "

Das Kerlchen schluchzte aus tiefster Kinderseele - er würde keinen Schritt mehr gehen ohne mich.

Ich starrte zur Decke, mir schnürte es die Kehle zu, die Tränen stürzten mir aus den Augen... in was für eine Zwickmühle hatte ich mich da bloß gebracht?! Da hatte ich die Frau, mit der ich 24 Jahre gelebt hatte, gequält bis an den Rand schwerster Depressionen, hatte meine Kinder davon überzeugt, dass ich ein Arschloch bin, habe mein Haus verkauft... unser Haus... habe mein wirkliches Leben, das was ich immer so und nicht anders wollte, zerstört... wegen dieser Maria... und saß nun in einem gottverdammten Schlamassel: Da war nicht nur eine Seele im Spiel, sondern plötzlich zwei. Nein - drei!

Irgendwie sah ich klar vor mir, dass diese Beziehung mein Schicksal ist; meine gottgewollte Strafe für das, was ich getan hatte. Ich muss ausharren! Ich muss büßen!

Der dritte Versuch, aus dieser Beziehung zu entkommen, war gescheitert. Falscher Zeitpunkt, falscher Ort - könnte man kritisieren, aber kann man sich das aussuchen?

Wortlos - was hätte ich auch noch sagen sollen? - erhob ich mich, suchte meine Badesachen zusammen und ging. Auch Maria schwieg betroffen und ließ mich widerstandslos zum Swimmingpool abziehen.

Dort lag ich lange in der Sonne, schwamm im Becken, duschte mich kalt ab, versuchte dem Mirko vergeblich das Schwimmen beizubringen - er war eine Stunde nach mir am Schwimmbassin aufgekreuzt - und versuchte mich, mit mir irgendwie zu versöhnen. Aber ich hatte es schwer mit mir. Womit sollte ich mich beschwichtigen?

Oder sollte ich vielleicht an meiner Stelle gar froh darüber sein, so eine Frau gefunden zu haben, die derart um mich kämpft?

Noch im vorigen Jahr, als ich die großen Probleme wegen ihrer Männer-Vergangenheit hatte, tröstete ich mich noch erfolgreich damit, eine sieben Jahre jüngere, hübsche und kluge Frau gefunden zu haben - ich alter, dummer, hässlicher Esel! - eine Frau, die auch von anderen begehrt ist.

Nicht, dass ich mittlerweile schöner geworden wäre, aber Maria war im vergangenen Jahr irgendwie aus dem Leim gegangen. Leicht schwabbelig. Blass dazu. Das Argument vom Vorjahr wollte nicht recht stechen. Wie weiter?

Vielleicht wird ja die Zeit alles glätten? Oder umbringen? Mich? Maria? Allesamt?

Doch wie schon oft, so stieg auch in dieser Situation am Swimmingpool bei mir der Verdacht auf, dass eigentlich ich die Ursachen setze, wenn Maria so kämpft, so wütet, so klammert! Ich bleibe immer irgendwie auf Distanz. Ich lasse mich nicht ein auf sie. Jedenfalls nicht so, wie ich mich damals als junger Mann in die Beziehung mit Kerstin eingelassen hatte. Und vielleicht werde ich es nie schaffen, mich frei und offen einzubringen? Erstens bin ich eben nicht mehr jung und zweitens - immer wieder wird meine Schuld, die ich mir aufgeladen habe, dazwischenstehen. Wenn Kerstin wenigstens einen neues Glück finden würde! Vielleicht könnte ich dann wieder frei sein; offen sein! Für Maria.

Wenn ich in die Zukunft schaue... - mit Kerstin und den Kindern alt zu werden, schien mir möglich. Mit Maria und dem Mirko...? Ich schwamm verbissen in dem Swimmingpool hin und her... hin und her... im Kreise...

Am Abend kam ein Fußballspiel im Fernsehen - Tschechien gegen Holland, welches uns alle drei interessierte. Mich allgemein als Fußballfreund (nicht Fan!), Teresa, weil sie ihre familiären Wurzeln zur Hälfte in Tschechien hat, und Milos, weil er Fußballer werden möchte. Wir saßen einträchtig vor der Röhre.

Tschechien hatte viel Pech und verlor Eins zu Null. Dann ging ich eine Stunde spazieren. Eine öde, vom Tag noch Hitze ausströmende Straße bis zum Zentrum des Ortes und zurück. Sinnlos. Ich kam mit mir nicht klar - will ich Maria? ...will ich zurück zu Kerstin? ...will ich allein bleiben...?

Wie schon seit fast zwei Jahren - hirnlose Zerrissenheit.

Wie nur bringen es andere fertig, die Partner zu wechseln, wie die Unterwäsche? Ja, wie bloß hatte Maria das gemacht mit ihren Männern?

Von ihrem letzten Mann, mit dem sie acht Jahre verheiratet war, hatte sie sich getrennt und war dann mit ihrem Mirko - hastenichgesehn! - nach Tschechien gezogen. In einer Sprachschule hatte sie als Deutschlehrerin Arbeit gefunden. Als dann ihr Mann das Haus in Muhr am See aufgab und nach Nürnberg zog, um näher bei seiner Arbeitsstelle zu sein, war sie zurückgekehrt. Einem Mann, einem Musiker, war sie mal bis nach Amerika gefolgt, aber das Leben dort habe sie abgestoßen, hatte sie mal geäußert, also war sie nach einem halben Jahr - hastenichgesehn! - zurück nach Deutschland gekommen. Von einem hätte sie sich unter Tränen verabschiedet. Sie hätten eng umschlungen auf dem Sofa gesessen und sie hätte ihm zu erklären versucht, dass sie - hastenichgesehn! - gehen muss. Bei einem anderen Mann, der drogenabhängig gewesen war... Nein, halt stopp! - diese äußeren Abläufe konnten mir auch keine Erklärung liefern, wie man - hastenichgesehn! - Beziehungen beendet. Ohne Umbringen!

Rechtzeitig zum Beginn des zweiten Fußballspieles an diesem Tag der Europameisterschaften des Jahres 2000 war ich im Ferienbungalow zurück. Ich schaute dem Spiel zu. Mirko war schon im Bett. Maria arbeitete auf der Terrasse an der Biografie der alten Dame.

Dann gingen wir zusammen ins Bett und kamen erst sehr viel später zum Schlafen. Selten war ich so voller Hingabe gewesen, nie war sie so... nie waren wir so... unglaublich, wenn die Körper ihrer eigenen Wege gehen und die Seelen mitnehmen. Und wie groß muss das Herz von Maria sein, dass es ihr gelang, mich nach solch einem Tag zu knacken?

Ende des fünften Tages.

Kapitel 9

Kerstin Hauk, die beim Lesen wieder mehrfach mit unangenehmen Gefühlen über ihren eigenen Namen gestolpert war, atmete tief durch und legt den Ordner auf den Tisch. Der große Schluck aus dem Rotweinglas ist aber nicht dem Stolpern über ihren Namen, sondern dem Stolpern über gewisse Passagen der Tagebuchaufzeichnungen des 5. Tages geschuldet: "...vorher bring ich dich um!"

Ja, und er hatte sinniert: Umbringen - mich - Maria - allesamt?

Nun waren also tatsächlich sehr massiv Tötungsabsichten geäußert worden. In beiden Richtungen. Hinzu kommt, dass sich der Mann in einer verfahrenen Situation sah - hin- und her gerissen; und dass die Frau unglücklich und verletzt war. Aus solchen Situationen heraus hat es in der Kriminalgeschichte tausende Fälle gegeben, wo den Gedanken schließlich Taten gefolgt waren. Mord.

Sie musste anerkennen, dass die Schweizer Kollegen, vielleicht doch nicht so krümelkackerisch gewesen sind, sondern nur hellhörig.

Doch wie soll man, selbst wenn sich solche Absichterklärungen wiederholen oder gar häufen sollten, wie sollte man beweisen, dass das Auto wirklich vorsätzlich gegen den Beton gesteuert wurde? Vielleicht, wenn die Spuren die an den Körpern der beiden gefunden wurden, zeigen würden, dass sie versucht hat, ihm ins Lenkrad zu greifen? Vielleicht hat sie ihn auch gebissen? Und er hat sie brutal zurückgestoßen? Da waren diese

Blutergüsse und Würgemale am Hals der Frau? Vielleicht?

Oder umgekehrt - sie hat ins Lenkrad gegriffen, um den Unfall herbeizuführen? Aber dann hätte er bremsen können! Und es gab keine Bremsspuren.

Wie groß die Chance ist, dass die Gerichtsmediziner wirklich über die Spuren an den Körpern eindeutig herausfinden können, was sich in dem Auto vor dem Aufprall abgespielt hat, kann Kerstin Hauk nicht abschätzen. Sie hat oft genug gestaunt, was Obduktionen alles ans Licht bringen konnten, aber sie wusste auch, dass die Kunst der Gerichtsmediziner Grenzen hat.

Ihre Entscheidung könnte doch schwerer sein, als sie bis eben geglaubt hat. Andererseits waren die Tötungsabsichten, so wie im Tagebuch eindeutig geschildert, im Streit geäußert worden. Wenn Menschen sich in gesteigerter Erregung befinden, wird manches gesagt, was nie ernst gemeint ist. Wenn die Sicherungen durchbrennen, fallen Worte... aber im Affekt wird auch oft genug gemordet! - unterbricht sich selbst. Doch sie findet ein weiteres Argument dafür, dass diesen Absichten wohl noch keine größere Bedeutung beizumessen sind - wenn das Paar dann im Bett wieder so intensiv zusammenfindet, wie sie das aus den Worten entnommen hat... Nein, die bedrohlichen Äußerungen haben keinen Tiefgang! Sie ist sich sicher. Wobei... - ein leichter Verdacht bleibt doch. Der Mann beweist in seinen Aufzeichnungen ein hohes Maß an Selbstverachtung. Er schimpft sich Arschloch, alt, fett, dumm; fühlt sich schuldbeladen... fühlt sich in der Klemme... - das alles sind keine schlechten Voraussetzungen für einen Suizidversuch!

Soviel versteht sie von Psychologie. Obwohl sie sicherlich, wenn sie mehr von Psychologie verstehen würde... ha! - das ist der Punkt! Kerstin Hauk springt auf und legt beschwörend die Hand auf den Ordner: Sie wird ihre Entscheidung nur vorbehaltlich eines zusätzlichen psychologischen Gutachtens fällen! Genau. Sie versteht zu wenig von Psychologie.

Erleichtert über diesen Beschluss wickelt sie sich wieder fest in ihre Decke. Die Sonne hat sich wieder hinter die Bäume des Stadtparks zurückgezogen und verabschiedet. Abendrot - schlecht Wetter droht.

Bevor sie sich den 6. Tag vornimmt, schweifen ihre Gedanken aber noch mal ab in die eigene Vergangenheit. Diese Maria hat mit dem Mann geschlafen, nachdem sie sich stundenlang in den Haaren lagen, weil er Schluss machen wollte. Der ersten Verwunderung, wie diese Maria das geschafft hat, folgte eine Erinnerung. Sie selbst hatte ihren Ex, nachdem sie von ihm erfahren hatte, dass er eine andere Frau habe und deshalb Schluss sein müsse zwischen ihnen... da hatte sie nicht nur mit ihrem Ex geschlafen, sie hatte ihn praktisch zum Sex genötigt.

Ja, das war in gewisser Form eine Vergewaltigung gewesen - nur ohne Gewalt. Kerstin Hauk lässt den Film ablaufen. Nicht zum ersten Mal in den letzten beiden Jahren. Sie sieht sich im Auto sitzen, neben Hajo, der wie meistens hinterm Lenkrad sitzt... vom Kassetten-Recorder kommen schöne Lieder aus der Jugendzeit - von Beatels bis Puhdys -... in ihren Gedanken wirbelt alles Durcheinander... zwei Tage hatten sie geredet, diskutiert, gefleht, geheult, angeklagt, verziehen... ihre gesamte Ehe hatten sie umgepflügt, um Schuld aufzudecken, die sie nicht finden konnten... nur Dummheit, Verklemmtheiten, Sprachlosigkeiten, Gewöhnung...

Und er hatte von seinen Besuchen bei Nutten erzählt... weil er Sex suchte... und sie erzählte, dass sie auch schon mal in einen anderen verliebt war...

Bei all dem verbalen Stress war es zwischen ihnen nicht zum Sex gekommen. Aber durch das Reden darüber, und die schöne Musik... und überhaupt - wozu soll sie sich was verkneifen? Ist doch eh alles scheißegal! Sie öffnet den Reißverschluss ihrer Jeans, schiebt ihren Hintern auf dem Sitz etwas nach vorn, fährt mit der Hand in den Slip und beginnt sich zu erregen. Als ihr Ex bemerkt, was sie tut, sagt er: "Komm, las mich machen."

Nach wenigen Augenblicken kann sie es nicht mehr aushalten: "Bitte, bitte fahr runter von der Autobahn! Du musst mich vögeln!"

Er hatte ihr den Gefallen getan. Und so erlebte sie im Auto auf dem Rücksitz, irgendwo in den Kiefernwäldern in der Nähe von Potsdam, ihren ersten Orgasmus infolge Koitus. Nie zuvor war sie so verrückt gewesen nach ihm. Erst, als er Schluss machen wollte. Wie bei den beiden im Tagebuch. Nur - und das ist kein geringer Unterschied, sagte sich Kerstin Hauk - ihr Mann hat dann wirklich Schluss gemacht. Gnadenlos. Ohne Rücksicht auf Verluste.

Überhaupt - dieser Mann im Tagebuch war ein ganz anderes Kaliber. Nicht nur auf sich selbst orientiert. Mit großen Selbstzweifeln. Feinfühlig. Sensibel.

Gestern an einer Stelle der Lektüre, erinnert sie sich, war bei ihr kurz der Gedanke aufgetaucht, dieser Tagebuchschreiber könnte glatt ihr Ex sein. Der Name Achim war irgendwo gefallen. Die Schweizer Kollegen hatten daraus geschlussfolgert, dass der Mann mit Vornamen nicht nur Achim, sondern auch Joachim oder Hans-Joachim heißen könnte.

Sie nennt ihren Ex-Mann Hajo, so wie er auch von seinen Freunden aus der Schulzeit immer gerufen wurde.

Der richtige Name wäre Hans-Joachim. Warum sollten andere ihn nicht Achim rufen? Wäre möglich! Aber nein... so ein Zufall! ... und ... nein, sie hatte ihn doch erst vorige Woche am Telefon gehabt. Es war was wegen der Steuererklärung. Sie brauchte eine Auskunft von ihm. Oder hatte er sein Telefon aufs Handy umgeleitet? Sie hatte seinen Festnetzanschluss gewählt - wie immer. Wenn möglich, ruft sie Leute grundsätzlich übers Festnetz an. Man muss ja das Geld nicht unbedingt mit offenen Armen aus dem Fenster werfen!

Ja, sie könnte ihn jetzt noch mal anrufen - aber was sollte sie sagen, wenn er sich meldet? Sie hängt diesem Gedanken nicht länger nach als nötig. Blödsinn! Zu unwahrscheinlich!

Aber anderseits - warum soll sie sich eigentlich nicht vorstellen, dass dieser Mann ihr Ex sei? Sie liest die Memoiren - auch wenn es keine sind! - aber so etwas ähnliches! ... sie liest die Memoiren ihres Ex, der mittlerweile tot ist... das wäre doch fast eine Romansituation!

Bloß dann - also für einen Roman - für einen Krimi - dann müsste sie nicht nur irgendeine Staatsanwältin sein, die eine Entscheidung zu fällen hat, ob Ermittlung, oder nicht - dann müsste sie die Mörderin sein!

Die Mörderin liest die Lebensbeichte ihres Opfers! Aber wie sollte sie gemordet haben - die Bremsen! Natürlich die Bremsen! Mit hundertdreißig Sachen ungebremst gegen den Beton!!! Das hat sie schon hundertmal im Film gesehen - die Bremsen werden manipuliert und die Opfer rasen in den Abgrund. Aber wie hätte sie die Bremsen manipulieren sollen? Hm, Kerstin Hauk, kaut am Ende des Kugelschreibers, den sie in der Hand hält, eigentlich um bestimmte Fragen zum juristischen Aspekt des Falles zu notieren, und überlegt, wie sie die Bremsen am Auto des Mannes manipuliert haben könnte, wenn sie die Mörderin wäre! Mörderin aus Rache! Weil der Mann sie verlassen hat! Motiv wäre klar! Für jeden der einschlägigen Fernsehkommissare! Aber wie wäre sie nach Nizza gekommen? Und das Alibi?

Kerstin Hauk ruft sich zur Ordnung. Sie muss öfters aufpassen, dass ihre Phantasie nicht ins Kraut schießt. Diesbezüglich findet sie sich noch völlig unverbraucht - zwölfeinhalb und ungeküsst!

Aber es wäre doch wirklich irre, wenn... wenn der Schreiber ihr Ex wäre...! Aber was heißt irre? Tragisch! Die Kinder lieben ihren Vater. Sie brauchen ihn. Und auch sie...

Kerstin Hauk ruft sich zur Ordnung, wobei sie zu ihrer Entschuldigung zugeben muss, dass es ja aber wirklich komisch ist, dass die Ex-Frau des Tagebuchschreibers auch Kerstin geheißen hat! So wie sie.

Sie schlägt energisch den nächsten Tag auf.

"Aus dem Tagebuch des verunfallten Mannes:"

6.Urlaubstag

Im Traum war es passiert - ich hatte Teresa erschlagen. Einfach erschlagen mit einem Stück Holz, das aussah wie ein Kochlöffel. Ob ich darüber glücklich war, wusste ich nicht mehr, nachdem mich unser Mirko-Wecker zuverlässig um acht Uhr vehement aus dem Schlaf gerissen hatte. Unser Wecker war an diesem Morgen besonders intensiv und nachdrücklich, weil er am Vortag am Schwimmbassin einen gleichaltrigen Jungen kennen lernte und mit ihm für den Vormittag verabredet war. Nun war die Aufregung groß - wo wohnt der, wann kommt er, oder ob ich ihn suche, vielleicht darf er nicht kommen...? Vor Aufregung konnte Mirko zum Frühstück nichts essen. Als er dann den Bungalow gefunden hatte, wo sei neuer Freund mit seinen Eltern wohnte, umkreiste er diesen Bungalow wie ein Adler, um nur den Moment nicht zu verpassen, da sich der Freund irgendwie blicken ließ. Es war eine Langschläferfamilie, die sich erst gegen zehn Uhr zeigte. Aber dann war alles in Butter - Mirko und sein Freund durften ans Schwimmbassin und dann wollten die Eltern des fremden Jungen Mirko mit an den Strand nehmen. Mirko war happy.

Übrigens, als uns Mirko seinen neuen Freund vorstellt - "Das ist er!" - bat Maria ihren Mirko, doch wenigstens noch eine Kleinigkeit zu essen und seine Milch zu trinken. Da der Freund versprach, solange warten zu können, willigte Mirko ein und vertilgte sein Frühstück in

Windesblitzesschnelle. Beiläufig entwickelte sich folgender Dialog zwischen den beiden Jungs:

"Magst du Milch?" – fragte der fremde Junge.

"Naja, es ist schon gut, wenn man einen Freund hat im Leben." antwortete Mirko.

"Ob du Milch magst?" Der Freund von Milos nuschelte ein wenig.

"Naja, ich mag dich schon ein bisschen, aber ob es für immer ist..."

"Nein, ob du Milch magst!" wiederholte der fremde Junge geduldig.

An dieser Stelle griff Maria ein und bedeutete: "Milos, er sagt „Milch", nicht „mich"!"

Die Freude von Mirko an seinem neuen Freund steckte irgendwie an. Ich freute mich mit ihm, und auch für mich, weil er nun beschäftigt war und mich nicht unentwegt nerven würde.

Während Maria wieder an ihre Biografie ging, fuhr ich in den Ort zum Supermarkt, um für das Wochenende einzukaufen. Ich geh gerne einkaufen. Als ich zurückkam, war Mirko mit seinem Freund und dessen Eltern bereits fort zum Strand. Die Lebensmittel waren schnell verstaut. Maria fragte mich, ob wir die Situation - sturmfreie Bude! - nicht ausnützen sollten. Allein der Gedanke trieb mir sofort das Blut in die Leistengegend. Ich hatte nichts einzuwenden. "Ich muss nur schnell unter die Dusche", wehrt Maria meine erste spontane Attacke ab.

Vorher unter die Dusche... - das hatte Kerstin meines Wissens nie getan... also, ich kann mich beim besten

Willen nicht erinnern! Überhaupt - dass sie mal versucht hätte, mich zu verführen...

Nein, ohne Maria wäre ich womöglich doof gestorben, was Frauen und Sex angeht.

Endlich war Maria mit Duschen fertig. Ich lag schon im Bett und war auf Hundert. Wie gewöhnlich hatten wir keinerlei Schwierigkeiten, gemeinsam zum Höhepunkt zu kommen. Ich lag am Ende auf dem Rücken und Maria hockte über mir. Nach der Ekstase verharrte sie immer wenigstens zehn Minuten regungslos auf mir und bedauerte es regelmäßig, wenn ich mich schließlich gänzlich aus ihr zurückzog.

Der Rest des sechsten Tages war belanglos. Wir waren gemeinsam Abendessen am Hafen von Golfe-Ruan. Ich war völlig gelöst und unentwegt zu Späßen aufgelegt, über die die anderen tatsächlich auch lachen konnten. Dann war wieder irgendein Fußballspiel im Fernsehen und bevor ich zum Einschlafen kam, hatte Teresa zwei oder drei Orgasmen. Ich nicht. Ich kann zwar mehrfach am Tag in entsprechende Erregungszustände kommen, aber die Zahl der Ejakulationen ist begrenzt. Maximal zwei am Tag. Wobei die sexuelle Aktivität, die mich erfasst hat, unglaublich ist. Seit zwei Jahren. Was will ich eigentlich mehr von einer Frau?

Ende des sechsten Tages.

Gestern - in der Mitte des fünften Tages hatte ich Schluss machen wollen. Endgültig. Wirklich?

Kapitel 10

Kerstin Hauk kommt nicht aus dem Staunen heraus. Sie staunt, ähnlich wie der Schreiber selber staunt, wie es möglich ist, dass so kurz nach einem schlimmen Zerwürfnis bereits wieder eitel Freude-Sonnenschein herrschen kann.

Eine Mücke schwirrt ihr am Ohr vorbei. Ein grässliches Geräusch. Und jedes Mal wenn sie so ein Mückenschwirren hört, fällt ihr dieser Urlaub ein - Aken!

Eines Abends im Bungalow hatten sie lange gelesen, draußen war es längst dunkel, die Fenster waren vorsorglich geschlossen geblieben, denn man weiß schließlich, dass Mücken zum Licht wollen. Dann waren sie ins Bett gegangen, jeder in seins, und Hajo hatte das Fenster über seinem Bett geöffnet. Nichts ahnend. Und das Verhängnis nahm seinen Lauf - plötzlich ein hundertfaches sirrendes Geräusch. So ähnlich muss es bei einem Überfall eines Jagdflugzeuggeschwaders klingen! Die Mücken hatten - vom Licht angelockt - an der Scheibe gelauert und nun ihren Angriff gestartet. Die halbe Nacht ging damals drauf, um die Mücken zu besiegen. Die Tapete des Bungalows war hinterher nicht mehr glatt ocker, sondern gesprenkelt.

Die einzelne Mücke, die soeben wieder versucht auf Kerstin zu landen, ist hartnäckig. Mit der Hand wegscheuchen nützt nichts. Kerstin Hauk verharrt regungslos und wartet, bis sich die Mücke irgendwo niederlässt, und will dann zuhauen. Das Vieh aber - muss Kerstin anerkennen - ist nicht blöd. Es setzt sich ihr in den Nacken. Sie merkt es, aber sie kann nicht zielgenau zuschlagen. Als sie nun noch ein zweites Sirren hört, beschließt sie, die Flucht anzutreten und die Terrasse den Mücken zu überlassen. Bedingungslose Kapitulation. Außerdem wird es Zeit für den Kuchen, den sie für morgen backen will.

Sie wickelt sich aus der Decke und trägt alles - den Ordner, den Rotwein, die Decke und so weiter - in die Wohnung. Dann geht sie in die Küche. Das Kuchenrezept kennt sie auswendig.

Eigentlich erstaunlich - denkt sie, während sie den Teig knetet - dass dieser Mann sich soviel Gedanken um seine Beziehung gemacht hat - offen und ehrlich und dazu auch noch selbstkritisch.

Sie kann sich eines Stoßseufzers nicht erwehren: "Warum begegnet ihr nicht so ein Mann?! Einer mit Seele."

Sie hat es mit Annoncen versucht, mit Busreisen, mit einem so genannten "Single-Club", mit Single-Tanzabenden...

vergiss es! Nur Schrott. Und die jungen Männer, die mittlerweile zu ihrem Freundeskreis gehören, die sind zwar nett, kommen aber nicht für "was Festes" in Frage. Ihr aktueller "Bekannter" war einer dieser jungen Männer. Eine Frage der Zeit, wann es wieder vorbei ist. Da ist sich Kerstin Hauk sicher.

Sie schiebt die Kuchenform in die Backröhre. Zwanzig Minuten Backzeit. Zur Überbrückung der Wartezeit knöpft sie sich den nächsten Tag vor.

"Aus dem Tagebuch des verunfallten Mannes:"

7. Urlaubstag

Mirko spielte seit kurz vor sechs Uhr Feuerwehr. Warum können Kinder, wenn erwachsene Leute schlafen wollen, nicht Unterseeboot spielen? Oder Mumie im ewigen Eis? Nein, Feuerwehr - tatütata!

Doch die Situation hatte sich für mich trotzdem etwas gebessert. Dadurch, dass Mirko einen Freund gefunden hatte, war er ab nach dem Frühstück unterwegs in der Feriensiedlung. Maria schrieb an dieser Biografie. So hatte ich plötzlich einen gewissen Spielraum, meinen eigenen Rhythmus zu trommeln. Ich arbeitete ein bisschen am Tagebuch, ging dann an das Schwimmbassin, las, schwamm, aalte mich in der Sonne...

Ich war kurz nach Elf an das Bassin gegangen. Ich lagerte mich so, dass ich gute Sicht auf eine junge Frau hatte, die sich bräunen ließ. Sie lag auf dem Bauch. Eine optische Köstlichkeit! Kurz bevor Maria unerwartet am Bassin auftauchte, ging sie weg. So entging ich wahrscheinlich nur knapp dem Verdacht, mich vorsätzlich in die Nähe dieser Frau begeben zu haben. Maria hat wache Augen.

Mit meiner Lektüre - Stephen Hawkins "Eine kleine Geschichte der Zeit" - war ich justament an folgender Textpassage angelangt:

"Es gehört zu den alltäglichen Erfahrungen, dass die Unordnung in der Regel zunimmt, wenn man die Dinge sich selbst überlässt. Man kann Ordnung aus Unordnung schaffen, doch das kostet Anstrengung oder

Energie und verringert damit die Menge der verfügbaren geordneten Energie."

Da nun die permanente Unordnung, die in ihrem Haus in Muhr in unterschiedlicher Perfektion existiert, und die ich im Urlaubsbungalow zu bekämpfen versuchte (das Zimmer von Mirko schloss ich dabei aus meinen Bemühungen allerdings aus!), konnte ich Hirnochse mir nicht verkneifen, Maria mit dieser Textpassage zu konfrontieren. Zwangsläufig bekam sie das in die falsche Kehle - ich wolle sie kritisieren, ihr den Tag verderben, sie erziehen, sie klein machen... und ich würde einfach nicht verstehen, dass sie keine Zeit hat, auf Ordnung zu achten. Ich ergänzte nun den Hawkinschen Gedanken dahingehend, dass ich sagte, es koste das gleiche Maß an Energie einen vorhandenen Zustand in Unordnung, wie ihn in gleichem Umfang in Ordnung zu versetzen. Denn ohne Einwirkung von Energie ändert sich ein Zustand weder in die eine noch in die andere Richtung. Natürlich können die Unordnung schaffenden Energien auch extern sein - Wind, Wetter, Katzen, Kinder... aber letztendlich dürfte meine Theorie stimmen.

Maria zeigte keinerlei Verständnis und ich bemerkte, wie gleichgültig mir das war. Aus fast heiterem Himmel stand für mich plötzlich wieder fest, dass das Ende der Beziehung längst beschlossen war - es kam für mich nur noch darauf an, dieses Ende besser vorzubereiten; Ort und Zeit so zu wählen, dass ich die Flucht antreten konnte - notfalls. Eine friedliche Trennung schien mir nach den Ereignissen der letzten Tage unwahrscheinlich. Oder - vielleicht wäre es am besten, konsequent die Strategie anzuwenden, die ich für mich mit "rar machen und schweigen" umschrieben hatte. Ich muss doch nicht andauernd nach Muhr am See fahren! Einfach mal keine Zeit haben. Dann öfters mal keine Zeit haben... bis sie die Nase voll hat... sie von mir...

Ich war nicht sehr optimistisch, was die erfolgreiche Durchsetzung meines Planes anging. Irgendwie war ich in dieser Beziehung gefangen - die Fliege im Spinnennetz! Und immer wieder erlag ich meiner sexuellen Begierde; meinem wahren Wesen - ein alter geiler Bock!

Meine Ahnungen projizierten mir nebulös einen klapprigen Greis im Rollstuhl, oder an Krücken... der sich von einer nur wenig jüngeren, kleinen dicken Alten unwillig führen lässt... und immer was zu meckern hat...

Da ich mir meine Schwankungen hinsichtlich meiner Zukunftsvisionen nicht erklären konnte, versuchte ich es gar nicht erst. Ich beschloss allerdings, um des lieben Urlaubsfriedens Willen, mir die Schwankungen in negativer Richtung nicht mehr anmerken zu lassen - lächeln und schweigen!

Am Nachmittag fuhren wir unser dritt über Cannes immer an der herrlichen Küste entlang nach St. Raphael. Es war Sonntag und es waren demzufolge alle Franzosen mit ihren Motorrollern und Autos unterwegs. Was das bedeutet, weiß, wer erlebt hat, wie Franzosen fahren. Haarsträubend. Tschechen sind dagegen disziplinierte Angsthasen. Nichts ist unmöglich! Und was alles möglich ist, erkennt man an den Schrammen und Dellen, die ein französisches Auto normalerweise aufweist. Ein Auto ohne Schrammen und Dellen ist entweder ganz neu oder eben nicht französisch.

Und Mopeds und Motorroller unterliegen in Frankreich scheinbar grundsätzlich nicht den Verkehrsregeln.

Vor, in und nach Cannes war das Fahren wenig Nerven strapazierend und fast schon erholsam - rechts und links am Straßenrand kilometerlang parkendes Blech, vor uns sich stauendes Blech, hinter uns Blech, über uns eine erbarmungslose Sonne. Selbst die gesetzlosen Zweiradmobile absolvierten ihren Slalom zwischen den Autos hindurch in gemäßigtem Tempo. Plötzlich rechts eine Parklücke. So kamen wir in den Genuss, am Strand direkt unterhalb der alten Festung von La Napoule, deren älteste Teile aus dem 14. Jahrhundert stammen, baden zu können. Vom Wasser aus, wenn man nur fünfzig-sechzig Meter hinausgeschwommen war, hatte man einen herrlichen Gesamteindruck von der Festungsanlage. Märchenhaft.

St. Raphael reihte sich ein in das Bild der anderen Küstenorte - Segelyachten am Hafen, ein bisschen Altstadt, mehrheitlich Touristenstadt... malerisch... helle Farben... Palmen... Oleanderbüsche...

Später im Bungalow - nach dem obligatorischen Fußballspiel - in der Vorrunde einer Europameisterschaft gibt es täglich Spiele - und einer guten Flasche französischen Rotwein, gingen wir in unser Schlafzimmerchen. Es war wieder umwerfend. Darüber, dass ich noch am Nachmittag nicht das geringste Zärtlichkeitsbedürfnis ihr gegenüber in mir vorhanden gewesen war, konnte ich wieder nur staunen. Wie ist das erklärbar, was ich erlebe? Bin ich womöglich krank? Ein Psychopath?

Spielt mein Unterbewusstsein mit mir Katz und Maus?
Bin ich schizophren?
Ende des siebten Tages.

Kapitel 11

So etwas kennt Kerstin Hauk auch bei sich - man wird hin und her geworfen in seinen Gefühlen, und weiß eigentlich nicht warum. Einmal hasst sie ihren Ex beispielsweise so tief und innig... kurze Zeit später tut er ihr leid. Oder wenn sie eine neue Bekanntschaft gemacht hat, dann ist es meistens auch so - hü und hot!
Zum anderen hat sie bei sich selbst registriert, dass ihre Bereitschaft zur Toleranz nur noch sehr gering ist. Wenn ein Mann bestimmte Angewohnheiten - im Handeln oder im Denken - hat, die ihr nicht gefallen, dann ist eben Schluss. Hoffen darauf, dass sich der Mann ändern könnte...? Nein, das wäre Dummheit. Die Menschen sind mit spätestens 30 Jahren fertig - fixiert! Trau keinem über Dreißig, hieß mal die Devise. Und das ist schließlich wissenschaftlich belegt. Irgendwann hat jeder Mensch seinen Entwicklungsprozess abgeschlossen und ist dann nur noch darauf bedacht, sich nicht mehr aus dem Gleichgewicht bringen zu lassen. Gewohnheiten werden gepflegt und Überzeugungen geschützt. Wenn da einer mit einer anderen Weltsicht daherkommt, die die eigene Sicht ins Wackeln bringen könnte, dann wird sie abgeschmettert. Unbewusst. Das ist so. Ab einem gewissen Stadium gibt es keine Chance mehr, sich anzunähern. Wer es trotzdem versucht, tut sich keinen Gefallen. Nein, schon daran, wie ein Mann daherredet, was er denkt, da entscheidet sich bei ihr, wie es weitergeht. Da kann es im Bett klappen oder nicht... wenn er dämlich daherquatscht, dann sträubt sich in ihr alles. Da geht es meistens schon gar nicht erst bis ins

Bett. Und sie ahnt, dass es wohl nur ganz wenige Männer auf der ganzen Welt gibt, die für sie altersmäßig in Frage kämen und die gleichzeitig nicht dämlich, beziehungsweise herrlich, oder selbstherrlich, also männlich daherquatschen. Dass sie eine Freundin gefunden hat, vor gut einem Jahr, mit der sie sich richtig versteht, ist wahrscheinlich schon ein Glücksfall erster Güte. Auch Freundschaften schließt man eigentlich nur in der Jugend. In der Jugend öffnet man sich gegenseitig, vertraut sich an, schafft starke Bindungen, die oft lebenslänglich halten. Auch wenn man sich lange nicht sieht, wenn man einen ehemaligen Freund trifft, oder Freundin, ganz egal - man ist sofort wieder ein Herz und ein Sinn, und es ist, als hätte man sich erst vorige Woche zuletzt getroffen. Dabei waren es vielleicht Jahrzehnte, die man sich nicht sah. Kerstin Hauk hat das kürzlich erst wieder bei einem Treffen der alten Studiengruppe erlebt - zwanzig Jahre nach dem Diplomabschluss! - man war sofort wieder die alte Clique. Und wenn Thomas... wenn, wenn, wenn! Er hatte keine Anstalten gemacht. Er hat jüngere Frauen. Die sich anpassen können. Wer weiß, ob es länger als drei Tage gut gehen würde, wenn sie und Thomas... trotz der alten Freundschaft... aber wenn er Anstalten gemacht hätte, wäre sie gerne schwach geworden.

In jungen Jahren kann man hoffen, dass man sich mit dem Partner gemeinsam verändert, sich anpasst, sich gewöhnt, aber wenn man schon weit über vierzig ist... - Kerstin Hauk winkt innerlich ab und nickt sich bestätigend zu. Sie sieht sich gerade im Spiegel des Toilettenschränkchens ihres Schlafzimmers. Zweifelsohne ist sie nicht mehr zwanzig! Ist schon richtig, wenn sie nach einem sucht, den sie wenigstens zu 90 Prozent riechen kann - 10 Prozent Gestank sind vielleicht zu ertragen, mehr nicht! Auf Anpassung zu hoffen, ist - sie wiederholt es mit Nachdruck - Dummheit. Sie liest es ja gerade wieder. Dieser Mann mit seiner Maria, die sind ein typisches Beispiel dafür, dass man zwei alte Bäume nicht mehr kreuzen kann. Die Borke ist längst zu dick. Die Äste zu steif. Die Wurzeln haben sich tief eingegraben... Gut, es ist sicher noch keiner auf die Idee gekommen, zwei alte Bäume kreuzen zu wollen, und sie weiß auch gar nicht genau, wie man Pflanzen miteinander kreuzt, aber trotzdem gefällt ihr der Vergleich - alte Bäume kann man genauso wenig kreuzen, wie alte Menschen. Dann fällt ihr bestätigend noch der Spruch ein: Einen alten Baum verpflanzt man nicht. Ja, entweder man findet einen Baum, der passt oder man sollte es sein lassen. Das, was die beiden da in ihrem Aktenordner veranstalten, lockt sie ganz und gar nicht. Selbstverstümmelung! Folter! Und am Ende... ja, womöglich am Ende Mord und Totschlag.

Wahrscheinlich ist es besonders grausam, wenn da zwei immer wieder eine starke Anziehung spüren, aber anderseits die Abstoßung fast unüberwindbar scheint. Das muss doch die Seelen zerreißen!

Kerstin Hauk besinnt sich ihrer Aufgabe als Staatsanwältin und versucht zu rekapitulieren: Nach einer großen Auseinandersetzung war bei dem Paar wieder Frieden eingezogen. Ein Scheinfrieden. Das trojanische Pferd steht noch mittendrin, gefüllt mit hundert kleinen widerborstigen Kriegern, die nachts hervor kriechen und alle guten Vorsätze umbringen. Der Mann fragt sich schon, ob er nicht schizophren ist. Und er will seine Aggressionen unterdrücken.

Das ist verständlich - er will sich den Urlaub nicht mehr als nötig vermiesen -, aber das könnte natürlich eine Gefahr darstellen. Da wird Munition gebunkert, Sprengstoff angehäuft und dann... - peng!

Nein, die Schweizer Beamten sind keine Krümelkacker. Kerstin Hauk zieht endgültig alle Vorwürfe in dieser Richtung zurück. Im Gegenteil - sie muss den Hut ziehen, dass sie die brisante Situation erkannten. Was dann allerdings am Ende beweisbar sein wird...?

Sie legt den Ordner auf den Nachtisch neben ihrem Bett, geht noch mal auf die Toilette, verrichtet das Notwendige und legt sich schlafen. Morgen ist Sonntag. Ausschlafen - und nach dem Frühstück kann sie weiter lesen. Mit ihrer Freundin ist sie erst für den Nachmittag... da fällt ihr der Kuchen ein. Der Kuchen!

Sie springt aus dem Bett, rennt in die Küche, und weiß längst, dass es zu spät ist. Der Kuchen ist schwarz. Warum hat dieser blöde Herd auch keine Zeitschaltuhr!

"Aus dem Tagebuch des verunfallten Mannes:"

8. Urlaubstag

Wenn morgens nicht immer der Mirko um uns herum-
turnen würde - lästig wie eine Fliege -, hätten wir sicher
auch morgens miteinander Sex - Maria und ich. Überhaupt ist es mir morgens fast lieber als abends. Abends
bin ich oft träge und abgeschlafft und benötige stärkere
Aufmunterungen als morgens. Morgens genügt schon
der Gedanke, dass da neben mir der weiche Hintern
liegt und die Schenkel...

Was das Wetter betraf, hatten sich die Franzosen
nichts Neues ausgedacht - wieder strahlend blauer
Himmel, kein kreatives Wölkchen, nur ein laues Lüft-
chen und Sonne. Total einfallslos! Jeden Tag dasselbe.
Eigentlich Strandwetter, doch wir hatten beschlossen,
nach den vormittäglichen Ritualen - Frühstück, Arbeit,
Schwimmbassin - ins Hinterland zu fahren.

Grasse - die Stadt des Parfüms - gelegen am steilen
Hang des provencalischen Bergmassivs erwies sich als
lohnendes Ziel. Eine richtig alte Altstadt, die nur an wenigen Stellen die Zeichen beginnender Sanierung auf-
wies. Wir fragten uns, wie das zu denken sei - dort, nur
wenige Kilometer entfernt, die Küste der Reichen; hier,
der Abhang der Armut. Oder sollte der Verfall weniger
Zeichen von Armut, als vielmehr von Langmut sein?
Bettler und Penner waren nirgendwo zu sehen. Überhaupt - bisher waren mir solche Mitleid erregenden
Gestalten nirgendwo ins Blickfeld geraten. Werden die
vor Beginn der Touristensaison alle weggefangen, oder

169

sollte es diese Randgruppen der westlichen Zivilisation hier tatsächlich nicht geben?

Die Frage blieb offen.

In größeren Rudeln hatte ich Penner und Bettler erstmalig nach der Wende in Kiel erlebt. In der Fußgängerzone tummelten sich dort bestimmt über hundert. Ich denke, diese Leute, die da von der Gesellschaft an den Rand der Existenz gedrängt werden, sind vergleichbar mit den Leuten, die das sozialistische Regime an den Rand, bzw. in den Westen gedrängt hat. Jedes System, auch das System der Ameisen oder der Hühner drängt bestimmte Individuen, die sich nicht ins System integrieren wollen oder können, an den Rand. Und hier wäre dem sozialistischen System sogar noch anzurechnen, dass es nur Leute an den Rand gedrängt hat, die auf ideologischer Ebene nicht integrierbar waren. Dass diejenigen, die freiwillig fort wollten, weil sie im Westen das gelobte Land sahen, wo Milch und Honig flossen, nicht mit Sänften aus dem Lande getragen wurden, ist natürlich ein großes Verbrechen des sozialistischen Regimes gewesen. Aber sicher!

Maria hatte beschlossen, noch weiter ins Hinterland vorzudringen - nach Entrevauxe, wo sie vor vielen Jahren schon einmal gewesen war. Damals wäre sie ein Vierteljahr (!) in Südfrankreich unterwegs gewesen, mit ihrem "Ford-Transit"-Wohnmobil. Ich fragte lieber nicht, mit wem sie diese Tour gemacht hatte. Unwahrscheinlich, dass kein Mann dabei gewesen ist. Wer hätte ihre sexuellen Bedürfnisse befriedigen sollen? Oder alle zwei Tage ein anderer Franzose? Ich bin mir nicht im Klaren, wie ich mir Marias Leben vorstellen muss, um es einigermaßen zu verstehen. Allerdings ist es sicher kein gutes Zeichen für unsere Beziehung, wenn ich eher bereit bin, Schlechtes zu denken. Das heißt - wenn ich das, was ich mir wünschen würde - nämlich alle zwei Tage eine andere Französin! -, dann wäre das, was ich ihr unterstelle, nichts Schlechtes, sondern nur Normales. Ja, was ist schlecht, was ist normal?

Jedenfalls wollte sie unbedingt nach Entrevauxe quer durchs Gebirge. Ich machte meine Unlust deutlich, wurde aber nicht gefragt, ob ich denn auch nach Entrevauxe möchte. Maria tat, wie sie das immer in solchen Situationen tut, wenn sie unbedingt etwas durchsetzen will und die Gefahr droht, dass ich nicht will - sie setzt voraus, dass wir uns längst geeinigt hatten.

"Oder hast du etwa was dagegen gesagt?"

"Naja, nicht direkt. Aber..."

"Wenn du was dagegen gesagt hättest, dann hätte ich natürlich verzichtet, aber ich kann doch nicht ahnen, dass dir wieder mal was nicht passt."

So ähnlich hätte der Wortwechsel gelautet, wenn ich hinterher angedeutet hätte, dass mir das jeweilige Erlebnis soviel Spaß nicht gemacht habe.

Wir fuhren also hangaufwärts ins Gebirge. Nach der dritten Serpentine entgingen wir nur knapp dem Zusammenstoß mit einem kurvenschneidenden Franzosen. Aber das Thema "Franzosen und Autofahren" hatten wir schon.

Meine Bedenken, ob ich diese Fahrt überleben werde, wurden jedenfalls nicht geringer. Doch - gottseidank - kam es dann nicht ganz so dick. Der Anstieg von Grasse ins Gebirge war das schlimmste Stück gewesen, dann ging es zwar durch romantische Schluchten und an steilen Abhängen entlang, aber es hielt sich in den Grenzen, innerhalb derer meine Höhenangst noch nicht in Panik umschlägt.

Das schlimmste Panikerlebnis hatte ich vor Jahren an der Zugspitze. Es war im Rahmen einer Informationsreise, zu der der Bayrische Fremdenverkehrsverband eingeladen hatte. Natürlich wurde den Presseleuten, zu denen ich gehörte, auch der höchste Berg Deutschlands vorgeführt. Ich war - ohne schlimme Ahnungen zu haben - mit in die Gondel der Seilbahn gestiegen und konnte oben vor Erschöpfung nicht aus eigner Kraft wieder hinaus. Dazwischen lagen Jahrhunderte voll Angst, Pein und Not. Meine Finger, die sich in die Haltegriffe der Gondel eingekrallt hatten, wollten sich oben nicht lösen lassen. Völlig erschöpft saß ich dann im Inneren der Seilbahn-Station in einer dunklen Ecke und wagte mich nicht hinaus auf die Aussichtsplateaus. Doch durch ein Fenster sah ich einen Turmdrehkran. Auf der Zugspitze wurde gebaut - Erweiterung des Gaststättenkomplexes. Ein Bauarbeiter balancierte auf den Streben des Turmdrehkran-Auslegers zu seiner Bedienerkanzel. Unter ihm der Abgrund. Als ich das sah, schaltete sich meine Phantasie ein und mir wurde schwarz vor Augen.

Nein, die Fahrt nach Entrevauxe brachte mich nicht in jenen Zustand der Willenlosigkeit und Todessehnsucht. Ich kam lebend und fröhlich in Entrevauxe an. Allerdings hatte ich nicht selbst fahren müssen und konnte an bestimmten Stellen die Augen einfach schließen.

Der Fluss, an welchem die Stadtfestung Entrevauxe liegt, hatte sich tief in die Berge eingefressen. Eine Zitadelle thront oben über dem Ort. Der Durchmesser der von Fluss und Mauern abgeschirmten Stadtfestung beträgt vielleicht zweihundert Meter. Auch die Kirche gleicht einer Burganlage. Eine unglaubliche Kulisse. Und die Ansätze von touristischer Vermarktung gingen über einen Postkartenkiosk vor der Zugbrücke und einem Souvenirladen in der Stadt nicht hinaus. Heimlich war ich Maria dankbar, mich hierher vergewaltigt zu haben.

Vielleicht muss ich Maria in vielfältiger Richtung dankbar für Vergewaltigungen sein? Wenn sie nicht mit ihrem unglaublich starken Willen, mit ihrer Sturheit etwas wollen würde... Kerstin hätte den Bettel schon längst hingeschmissen mit mir. Sie hat mich die vielen Jahre über wahrscheinlich mehr geduldet, mich einfach ertragen, hingenommen. Maria hingegen kämpft.

Ich frag mich langsam, was ich für ein Rindvieh bin - alt, launisch, hässlich, eigenbrötlerisch... unfähig mit den eigenen Gefühlen fertig zu werden... unfähig zu begreifen, was Maria mir eigentlich antut. Gutes, womöglich. Aber wenn Gutes soviel Bitterkeit hervorbringt, kann es so gut auch wieder nicht sein! Nein, die Frau ist meine Strafe. Meine Strafe für das, was ich Kerstin und meinen Kindern angetan habe.

Auf der Rückfahrt durch das War-Tal über Nizza, nach Vallauris in die Feriensiedlung, schlief ich. Dann war Fußball... und dann - dreimal darf man raten: Genau! Ende des achten Tages.

173

Kapitel 12

Wenn ihr Ex mit dem Tagebuchschreiber auch nicht allzu viel gemeinsam haben mag, außer, dass er eben ein Mann ist... - Kerstin Hauk grient in sich hinein: Ist doch aber auch wahr - Männer!!! - was gibt es Dämlicheres auf der Welt? Höchstens Frauen!

...das mit der Höhenangst kennt sie von ihrem Ex jedenfalls auch zur Genüge. Er litt darunter ganz furchtbar. Sie erinnert sich an eine Fahrt mit dem PKW über das Timmelsjoch, der Passstraße zwischen Italien und dem österreichischen Ötztal. Auf den Rücksitzen saßen die Kinder und stritten sich wie gewöhnlich. Sie bewunderte die überwältigende Hochgebirgslandschaft und er hatte größte Mühe, das Auto zu lenken. Das heißt, das hatte sie anfangs gar nicht gemerkt. Sie hatte nur befremdlich registriert, dass er sich beim Fahren, so komisch zu ihr seitlich herüber beugte. Dass er knutschen wolle, konnte sie ausschließen. Dass er einfach verhindern wollte, den Abgrund zu sehen, der rechts der Straße gähnte, konnte sie nicht ahnen.

Erst als er - kreidebleich im Gesicht - ruckartig bremste und den Kopf aufs Lenkrad fallen ließ, wurde ihr klar, dass er mit irgendwas zu kämpfen hatte. Der Schweiß tropfte ihm von der Nase.

"Musst du auf Toilette?" - hatte sie gefragt.

"Ich kann nicht mehr fahren." - kam von ihm zurück. Auf ihre Nachfrage hin hatte er sehr gereizt erklärt, dass er das Gefühl habe, besoffen zu sein; das Auto einfach nicht mehr in der Gewalt zu haben. Es wäre so ähnlich, wie als er damals unter 2,1 Promille gefahren und von

175

der Polizei gestoppt worden wäre. Und wenn sie will, dass er die gesamte Familie in den Tod transportieren soll... Sie hatten daraufhin die Plätze gewechselt und er hatte den Rest der Fahrt, die herrlichen Serpentinen hinauf, mit geschlossenen Augen auf dem Beifahrersitz gelegen.

Kerstin Hauk erinnert sich in diesem Zusammenhang auch ihrer Hassgefühle, die sie entfaltet hatte, als ihr Ex mit 2,1 Promille gestoppt und anschließend für ein Jahr ohne Führerschein war. Mal ganz abgesehen von den 4.000 Mark Strafe und den Kosten für Idiotentest und Lehrgänge, ohne die er die Fahrerlaubnis nicht zurückerhalten hätte. Gott, was hatte sie ihn verabscheut damals! Besoffen rumfahren!

In der Trennungsphase hatte er ihr erklärt, dass es dazu gekommen sei - die Alkoholfahrt -, weil er unbedingt noch in einen Puff gewollt habe. Mit ihr sei ja nichts mehr anzufangen gewesen.

Während Kerstin Hauk noch am überlegen ist - nicht zum ersten Mal in den letzten beiden Jahren - ob sie sich tatsächlich mitschuldig fühlen muss, an seinen Alkoholexzessen, stellt sich urplötzlich ein Zusammenhang her - Höhenangst! Der Tagebuchschreiber hatte ja auch Höhenangst! Die Autofahrt führte über die Alpen. Die Serpentinen am San Bernardino..... Ihr Ex hatte am Timmelsjoch gefürchtet, er könne die Familie in den Tod transportieren! Hat der Tagebuchschreiber infolge seiner Höhenangst einfach am Lenkrad versagt? War ihm schlecht geworden, bevor er bremsen konnte?

Wenn sie an ihren Ex denkt, wie es dem mitgespielt hatte damals am Timmelsjoch...!

Kerstin Hauk notiert auf ihrem Notizblock, der auf dem Küchentisch bereitliegt, dass man auch einen Spezialisten für Höhenangst befragen sollte, ob der Unfall, wenn er denn einer ist, womöglich auf die Folgen einer Höhenangst-Attacke zurückgeführt werden könne.

Während sie ihr Frühstück bereitet – Müsli, wegen der Verdauung! – überlegt sie, wo denn so ein Höhenangstexperte zu finden sein könnte. Im Hochbauamt vielleicht? Blödsinn.

Auch Goethe soll Höhenangst gehabt haben, fällt ihr noch ein. Der hätte seine Angst dadurch besiegt, dass er so lange auf den Turm des Kölner Doms gestiegen sei, bis er sich an die Höhe gewöhnt hatte. Sie selbst hat Angst vor Hunden. Selbst vor ganz kleinen Hunden, solchen Pinschern oder wie die heißen. Ob sie wohl ihre Hundeangst dadurch überwinden könnte, dass sie jeden Tag einen Hund streichelt? Aber woher nehmen – die Hunde zum Streicheln?

Kerstin Hauk lächelt vor sich hin. Sie fühlt sich ausgeruht und tatkräftig. Der verkohlte Kuchen fliegt mitleidlos in den Abfall. Sie setzt sich einen starken Kaffee an und beschließt, nach dem Frühstück einen neuen Kuchen zu backen. Allerdings mit Unterstützung einer Zeitschaltuhr. Wozu hat man denn so was?!

Bis Mittag müsste sie den Kuchen und auch das Tagebuch geschafft haben.

"Aus dem Tagebuch des verunfallten Mannes:"

9. Urlaubstag

Es sei gleich vorangestellt - an diesem neunten Tag hatten wir keinen Sex. Früh nicht, wegen Mirko, abends nicht, weil ich nach dem Fußball derart müde war, als hätte ich selbst mitgespielt... Ja, eigenartigerweise werde ich von Tag zu Tag müder. Ist das der Erholungseffekt?

Außerdem kam ich nicht aus meiner distanzierten Haltung heraus. Man könnte vielleicht auch "Schmollecke" sagen. Ich konnte mir nicht klar werden, wie ich mich in nächster Zeit verhalten sollte gegenüber Maria. Klar war mir mittlerweile, dass ich mich würde entscheiden müssen - so oder so. Meine Schaukelpferdnummer - heute hüh, morgen hot - war auf Dauer keine Lösung. Und immer wieder ging mir der nette Mirko auf den Geist. War da etwa Eifersucht dabei, weil Maria gluckenartig ihren Liebling umhätschelte und nach jedem zweiten Atemzug fragte: Wo ist denn der Mirko? Ich antworte meistens wahrheitsgemäß - weiß ich nicht! Noch wahrheitsgemäßer wäre - interessiert mich nicht! An diesem Tag durfte ich schließlich - was die Erfüllung meiner Träume darstellte - mich gemeinsam mit Mirko in Nizza in ein Straßenrestaurant setzen, während die Mama "shopping" ging. Sie wollte sich einen Rock kaufen. Die Sache war mir langfristig vorangekündigt worden und ich freute mich schon den ganzen Tag über auf dieses Ereignis. Doch erst mal badeten wir im Meer - direkt mitten an der fabelhaften Strandpromenade von Nizza, und konnten Menschen beobachten, die sich an einen Fallschirm anbinden, sich dann von einem Motorboot auf Meer hinaus ziehen ließen, so dass sie nach oben schwebten, und dafür dann viel Geld bezahlten. Am Ende der Drachentour platschten sie nahe dem Strand ins Wasser.

Ich erinnerte Maria am Strand mehrfach an den Zeitp an. Mit einiger Verspätung wanderten wir schließlich in Richtung Zentrum/Fußgängerpassage. Nizza ist eine große Stadt. Wir liefen ein gutes Weilchen, bis wir in jenen Bereich kamen, den Maria für ihre Rocksuche als geeignet erachtete. Für mich und Mirko wurde ein Restaurant ausgeguckt, in welchem es Weißbier gab - Franziskaner! Endlich war es soweit. Aber die Zeit war nun bereits soweit fortgeschritten, dass mir der Genuss, mit Mirko im Restaurant sitzen zu dürfen und von ihm demonstriert zu bekommen, wie kleine Schweine einen großen Berg Spaghetti-Carbonara fressen, durch die wachsende Angst verloren ging, nicht rechtzeitig zum Beginn des Schicksalsspieles der Europameisterschaft zwischen Deutschland und Portugal im Bungalow zurück zu sein. Und es kam auch so - Maria hatte statt Fock ein Kleid gefunden, aber ich kam erst kurz vor Ence der ersten Halbzeit vor die Röhre - und da war schon alles zu spät. Ich konnte nicht mehr eingreifen - Deutschland lag Zwei zu Null zurück.

Ende des neunten Tages.

Kapitel 13

Nur noch zwei Seiten, registriert Staatsanwältin Kerstin Hauk. Gleich geschafft!

Wobei - eigentlich schade! Das Tagebuch hätte ruhig noch ein bisschen weitergehen können. Ein paar Tage noch...

Was heißt „schade" – ruft sie sich zur Ordnung -, dass dieses Tagebuch nicht um einige Seiten länger ist, das ist wahrhaft tragisch. Beinahe hat sie wieder, wie schon mehrfach im Verlauf der Lektüre, vergessen, dass es um den Tod von drei Menschen geht. Um die Ursache, um Schuld vielleicht.

Die Zeitschaltuhr signalisiert, dass der Kuchen fertig ist. Sie geht in die Küche und schaltet den Elektroherd aus. Für das letzte Kapitel des Tagebuches genehmigt sich Kerstin Hauk noch eine Tasse Kaffee.

"Aus dem Tagebuch des verunfallten Mannes:"

10. Urlaubstag

Der letzte Tag in Vallauris brach an. Morgen würden wir noch die Schlussreinigung des Bungalows vornehmen und abreisen. Für diesen letzten vollen Tag hatten wir beschlossen, noch mal in den Supermarkt zu fahren, um für zu Hause ein paar französische Spezialitäten einzukaufen. Käse, Wein, harte Salami.

Geweckt wurde ich an diesem vorletzten Morgen kurz nach 7 Uhr nicht durch Mirko, sondern durch mein Handy. Der Redakteur hatte vergessen, dass ich in Urlaub war und wollte mich zu einer Vernissage schicken. Das Problem war schnell gelöst - ich schlief wieder ein. Mirko weckte uns dann pünktlich und zuverlässig wie immer - 8 Uhr! „Ihr müsst jetzt aufstehen, soll ich euch sagen, habt ihr mir gesagt."

Jetzt galt es also für mich, den Urlaub anständig und ohne weitere Aufregungen zum Ende zu bringen. Eigentlich war ich am Vortag nur ganz kurz unbeherrscht gewesen. Es war wieder eine der beliebten Bagatellesituationen, die durchaus genügend Fläche bieten, um daran einen handfesten Streit anzuknüpfen. Im Anknüpfen waren wir, also Maria und ich, zweifelsohne Weltmeister. Es kam allerdings nicht, wie oft genug schon bei geringfügigeren Anlässen, zum richtigen Streit, es blieb bei einer kurzen Verstimmung.

Es begann damit, dass ich auf der Rückfahrt von Nizza nach Vallauris das Auto-Radio angestellt hatte – eigenmächtig! Dann - als keine Musik mehr, sondern nur noch irgendwelches französisches Palaver ertönte und der Sender zusätzlich zu schwinden und zu schwanken begann – war ich mit meinen Gedanken irgendwo weit weg und hatte nicht weiter darauf geachtet, was da aus den Lautsprechern tönte. Das Radio plärrte also eine Weile sinnlos vor sich hin. Mirko forderte mich auf: "Bitte mach das Radio aus. Das geht mir auf den Geist. Du verstehst ja sowieso nichts."

Obwohl es stimmte, dass ich nichts verstand von dem Gesülze im Radio... – aber woher nimmt sich dieser Kleinmensch das Recht, mich so zurechtzuweisen? Er hatte auch haargenau den Tonfall getroffen, den seine Mama immer hat, wenn sie mich zu reglementieren versucht. Ein Tonfall voller Arroganz und Anklage. Als hätte ich ein Verbrechen begangen! Dabei hatte ich lediglich vergessen, auf das Radio zu achten. Herrje - wie oft musste ich mir denn tschechische Musik, oder permanent schwindende tschechische Sender, oder tschechische Kinderhörspiele anhören! Manchmal stundenlang! Und keiner fragt, wie mir das auf den Geist geht!

Eigentlich hätte ich wohl bloß das Radio ausschalten müssen, aber ich fühlte mich veranlasst, um der Gerechtigkeit Willen, darauf hinzuweisen, dass ich auch oft Leidtragender des Auto-Radios bin: "Ach, ich muss euren Tschechenmist auch immer ertragen."

Maria stand natürlich auf Seiten von Mirko und schlug in seine Kerbe. Erstens wäre das kein Tschechenmist und zweitens würde sie mich immer vorher fragen, wenn sie tschechische Sender hören will.

Das stimmt faktisch. Sie fragt dann immer, ob es mir viel ausmachen würde, wenn sie... tja, und wenn ich antworten würde, dass es mir viel ausmacht, dann hätte ich eine Litanei anzuhören, wie wichtig es wäre, dass sie die tschechische Sprache immer wieder hört - zur Auffrischung, damit sie ihre Sprachkenntnisse nicht verliert, und speziell der Mirko - für den könnte diese Zweisprachigkeit einmal Gold wert sein... also, macht es mir lieber nie nicht viel aus. Ich nehme es hin. Aber weil ich nun einmal gewagt hatte, das Radio anzustellen... und es kam Gedudel... plötzlich stand ich in der Ecke und grämte mich.

Doch es war mir gestern in dieser Situation gelungen, die Niederlage hinzunehmen. Ich schaltete ohne weitere Gegenwehr das Radio aus. Basta.

Auch anschließend am Strand war ich nicht ausgerastet, als ich zur Beaufsichtigung von Mirko mit ins Wasser musste, aber nicht wegschwimmen durfte, weil Mirko womöglich in tiefere Zonen geraten könnte. Mein Gott, diese Überängstlichkeit! Ich bin ja sowieso der Ansicht, dass Maria ihren Mirko total verzieht – teils durch Nachsicht, wenn er was ausgefressen hat; teils durch übergroße Fürsorge! Sie wird schon noch merken, was sie sich da heranzieht! Die Pubertät kommt unweigerlich.

Und wie kommt Maria eigentlich dazu, mich als Kindermädchen einzuspannen? Soll sie doch selber auf ihren Goldsohn aufpassen!

Gut, vielleicht bin ich überempfindlich in manchen Dingen; ich habe schon gedacht, dass ich auf Maria oft regelrecht allergisch reagiere. Ihre Art zu reden, zu denken, zu fühlen... – sie treibt mich auf die Palme, alleine durch das „wie", durch diesen besserwisserischen Tonfall in der Stimme!

Nein, ich glaube nicht, dass so eine Allergie therapierbar ist! Und ihre Vergangenheit ist auch nicht therapierbar. Gewöhnung und Gelassenheit kann vielleicht mildernd wirken. Und ob ihre Figur wieder hinzukriegen ist... noch im vorigen Jahr war sie mir für ihr Alter sehr knackig und schön vorgekommen; dieses Jahr... besonders die Oberschenkel...

"Ende der Aufzeichnungen!"

Kapitel 13

Klar, denkt Kerstin Hauk, über die letzten Stunden des Urlaubs hatte der Schreiber nicht Buch führen können. Über die hätte er sicher zuhause weiter geschrieben. Jedenfalls sieht sie keine neuerlichen Hinweise dafür, dass der Mann oder die Frau, am nächsten Tag hätte ausflippen und den Unfall mutwillig, oder gar vorsätzlich und geplant herbeiführen wollen. Nichts von einer nochmaligen Eskalation in der Beziehung.

Sicher, der Mann hatte sich versucht am Riemen zu reißen, hatte bei den beschriebenen Situationen – die Kerstin Hauk als höchst geringfügig empfindet – Beherrschung gezeigt, aber dass in den restlichen Stunden viel emotionaler Sprengstoff angehäuft worden sein könnte, glaubt sie nicht. Obwohl – eine Nacht kann lang sein!

Sie blättert noch mal nach vor, zum Bericht der Schweizer Kollegen. Der Psychologe von der Universität Zürich wollte in dem Mann eine Persönlichkeitsstruktur entdeckt haben, die rituellen Selbstmord nicht ausschließen lässt. Genauso denkbar wäre auch, schreibt der Experte, dass es wieder zu einem Streit gekommen sei, bei welchem die Frau durchgedreht und dem Mann ins Lenkrad gegriffen habe. Die Würgemale und Kampfspuren an Hals und Brust der Frau könnten natürlich auch zeitlich versetzt entstanden sein. Zuerst eine tätliche Auseinandersetzung - dann der Beschluss, die Affäre wirklich endgültig zu beenden. Im Affekt!

Kerstin Hauk empfindet das alles doch letztlich als Versuche, aus dem Kaffeesatz zu lesen. Selbst wenn einer der beiden, mutwillig gehandelt haben sollte... nein, sie stockt. Nein, die Frau hätte das niemals getan! Die hätte vielleicht den Mann erschlagen oder sonst wie um die Ecke bringen können, aber die hätte niemals das Leben ihres Sohnes gefährdet. Niemals!

Und der Vorsatz des Mannes – wenn er denn einen solchen gehabt haben sollte - wird niemals beweisbar sein!

Kerstin Hauk schlägt den Ordner zu. Es ist Sonntag gegen Mittag.

Am Montag formuliert Sie nach einer dreistündigen Sitzung mit dem Kriminalpsychologen, in welcher sie nochmals alle kritischen Punkte angesprochen und dargelegt hat, ihre Entscheidung: Es gibt keine zwingend stichhaltigen Hinweise, dass der Unfall vorsätzlich durch einen der beiden Erwachsenen herbeigeführt wurde. Also, Unfall! Konzentration der Ermittlungen auf die Klärung der Identität der Opfer. Benachrichtigung der Angehörigen.

Der Kriminalpsychologe zeichnet ohne Bedenken gegen.

Kerstin Hauk legt am Nachmittag ihrem Chef, Oberstaatsanwalt Mittenzwei, den Vorgang auf den Tisch und erhält ein überraschendes Lob: "Sehr schön."

Bereits am Mittwoch liegt auf ihrem Schreibtisch ein dünner Aktenhefter, den die Ermittler von der Kriminalabteilung herübergeschickt haben. An Hand der bekannten Tatsachen wie Leihwagenfirma und Wohnort der Frau war es ein Einfaches gewesen, die Personalien der Unfallopfer herauszufinden.

Gegen 10 Uhr schlägt Kerstin Hauk mit zitternden Händen den Hefter auf. Ihr Ex hat noch nicht zurückgerufen. Ist sie womöglich doch die Kerstin, von der im Tagebuch die Rede war? War der Tagebuchschreiber ihr Ex?

Hatte sie nach seinem Tod erfahren, mit wem sie 24 Jahre verheiratet war?

Im Aktenhefter sucht Kerstin Hauk zuerst nach den Personalien der Opfer.

Die Opfer des Unfalls sind:

Hermann-Joachim Ballstedt, 51 Jahre alt, geschieden, freischaffender Journalist, Wohnsitz: Dresden/Sachsen.

Hermann-Joachim... - nicht Hans-Joachim! Als Kerstin Hauk einen Anflug von Bedauern spürt, dass es nun doch nicht ihr Ex gewesen ist, ruft sie sich energisch zur Ordnung und liest weiter:

Maria-Anna Struck, 44 Jahre alt, getrennt lebend, Germanistin, Wohnsitz: Muhr am See/Bayern

Mirko Geffke, 9 Jahre alt, trägt den Nachnamen des Vaters, wohnt bei der Mutter, Maria-Anna Struck.

Dann folgt im Aktenordner ein handgeschriebener Zettel. Bei der Benachrichtigung des Kindesvaters, Herrn Jürgen Geffke, übergab dieser den Polizeibeamten diesen Zettel, den er in einem Brief am selben Tag erhalten hatte. Absender ist: Hermann-Joachim Ballstedt. Geschrieben wurde dieser Brief nur knapp eine Stunde, bevor es zum Unfall kam.

Sehr geehrter Herr Geffke,

wir – Maria, Mirko und ich – befinden uns auf der Rückfahrt vom Urlaub. Gestern Nacht gab es zwischen mir und Maria wieder eine schwere Auseinandersetzung, die zu meinem Leidwesen in heftige Tätlichkeiten ausartete. Inmitten dieser schlimmen Ausuferung kam Ihr Sohn Mirko in das Schlafzimmer, um seiner Mutter beizustehen. Ich war in einer Phase allerhöchster Erregung und habe Mirko zur Seite geschleudert, infolgedessen er eine Verletzung am Kopf davontrug. Eine kleine Platzwunde am Wangenknochen musste vom Arzt versorgt werden. Das rechte Auge ist blutunterlaufen.

Ich teile Ihnen das mit, damit Sie nicht erschrecken, wenn Sie Ihren Sohn in zwei Tagen wieder sehen werden.

Ich bitte Sie für mein Fehlverhalten um Entschuldigung.

Zum zweiten möchte ich Sie bitten, Ihrer Scheidung von Maria zuzustimmen. Ich möchte Maria heiraten, und glaube, dass dadurch die Spannungen in unserer Beziehung endgültig abgebaut werden könnten, so dass solche Ausuferungen, in die auch Ihr Sohn Mirko hineingezogen wurde, nicht mehr geschehen können.

Ich schreibe dies hier auf einer Raststätte an der Autobahn.

Mit der Bitte um Verständnis

Achim Ballstedt

Kerstin Hauk schlägt den Aktenhefter zu. Nein, von Erleichterung kann keine Rede sein. Sie fühlt großes Mitleid mit diesen drei Menschen. Sie hätten es vielleicht miteinander schaffen können. Oder auch nicht.

So aber war alles erledigt. Ad acta.

Am Nachmittag dieses Tages klingelt auf dem Schreibtisch von Kerstin Hauk noch mal das Telefon. Sie meldet sich dienstlich: "Staatsanwaltschaft Hauk."

„Hallo, Kerstin – ich bin's, Hajo. Ich sollte mich melden."

„Ahja. Grüß dich!"

„Hast du schon von der Hochzeit gehört?"

Kerstin Hauk stutzt: „Willst du heiraten?"

„Nein, wen sollte ich heiraten. Nicht noch mal! Nein, unser Töchterlein will unter die Haube!"

„Na, dann..."

- Ende -